1からはじめる

Start
from
Scratch

松浦弥太郎

はじめに

僕はある日、見つけたのです。

それはたぶん、とても大切なことで、きっとみんなが知りたいことで、人生における宝物のようなことです。

少なくとも僕自身にとっては、得難い学びでした。

「これからの自分にとって、なくてはならないこと」だと、つよく思いました。


それをある人は、「成功する方法」と呼びます。

もしかしたらある人は、「すてきな人になる秘訣」と言うかもしれません。

「なりたい自分になる方法」という表現がぴったりくると言う人も、少なからずいるでしょう。

僕は、その答えを見つけたのです。


まだ、本のはじまりですが、もったいぶらずに書いてしまいます。

それは、「1からはじめる」ということ。


「すてきな人になるにはどうすればいいんだろう?」

「なんであの人は成功しているんだろう?」

「なりたい自分になれなくて、つらい」


すてき、成功、なりたい自分の定義はとてもむつかしくて人それぞれですが、どんな定義であろうと、多くの人にとっての願望であり、羨望であり、夢だと感じます。


そのすべてをかなえるのが、「1からはじめる」。

ただ、これだけです。


ところが、あまりに簡単すぎるのか、僕が言っても、多くの人は信じてくれませんでした。

ある人は、唇のはしっこに笑みを浮かべて、こう言うのです。

「1からはじめる? そんな単純な話でしょうか」と。

またある人は、すこし眉をひそめて言い、下を向くのです。

「1からはじめれば、成功できる。もしそうなら、いいですね」と。

どうやらみんな、「1からはじめる」の効能を、はじめから疑っているか、試してみる前からあきらめているようでした。

ちょっと不安になりかけた僕は、多くの人に話すのをやめて、ごく限られた人たちに、この話をしてみました。

僕が憧れている人に。

すごいなあ、と思っている人に。

世の中の、成功者と言われている人に。

数は少ないけれども見る目が確かな人たちに。

「あの人はすてき」と認められている人に。

「大切なのはとにかく、1からはじめることだと僕は思うのです。いいえ、1からはじめるしかないと思うのです」と、伝えたのです。

すると、彼らは表現は違うものの、口々に言ってくれました。

そのとおりだと。

自分が自分になれたのは、自分がこれだと思ったことを1からはじめたからだと。

少なくとも自分は、繰り返し「1からはじめる」ということをやっていると。

もう一度、基本に戻って、1からはじめることだと。

そこで僕は、このテーマを自分なりにまとめたくなったのです。

1からはじめるまっさらな気持ちで、あなたにページをめくっていただけたら、と願っています。

二〇一八年夏

はじめに　1

序章　1からはじめる　Start from Scratch

困らない時代の困りごと　14
「わかる」と言ってもわかっていない　17
生きるとは自分の殻を破ること　20
ゼロからではなく、1からはじめる　22
自分の仕事について、1から考える　24
自分のかかわることについて、つねに疑問をもつ　27
効率とは、限りある時間で価値があることをすること　28
1から考えて、起点と未来を語る　29
愛情の深さが未来を広げる　33
ヴィジョンにこだわる　35

何よりも、情熱　37
「1からはじめる」と、味方が集まってくる　39

第1章

勇気

Courage

1から「今すぐ」はじめる　44
いつも「最短距離」を考える　46
情熱的に落ち着く　48
「目に見えない部分」からはじめる　51
誰も認めてくれないことから、はじめる　54
どんな人とも、1からはじめる　58
距離感を守る　62
失敗に価値がある　65
「その先の自分」をあきらめない　68

第2章

観察

Espial

自信は自分でもつもの　74
自信は観察から生まれる　76
自分を語る練習をする　79
自分を大きく見せない　80
リラックスして、いち早く気づく　84
ばかになる　87
ばかにしない　89
余白で自分を成長させる　93
「愛情不足」を見つける　96
100見つけたら、1つやる　98
「人の感情」を見つめる　100
弱さから強さを、みにくさから美しさを学ぶ　102

第3章

熟知

Mastership

すべての起点は「熟知」 110
「全方位の熟知」を目指さない 113
小さな穴を深く掘る 116
小学生にも教えてもらう 117
熟知すると「必要な素材」がわかる 120
熟知すれば自然にアイデアが出てくる 123
熟知すれば、「求められる人」になれる 126
熟知は熟知を引き寄せる 127
発明は値引きされない 130
「熟知のその先」を見極める 133
自分の底を見せない 137

第4章

勤勉

Assiduity

チャレンジを習慣にする 144
週五日は「自分のヴィジョン」に捧げる 147
習慣化が生む「20パーセントの時間」を生かす 148
空き時間の予定を決めておく 150
消えてしまう一〇分、宝物になる一〇時間 152
アウトプットの本当の意味とは 154
「好き嫌い」より、楽しむことを大切にする 158

おわりに――新しい言葉で 166

1からはじめる

Start
from
Scratch

松浦弥太郎

装幀
櫻井 久
カバー・イラストレーション
長谷川 朗
取材協力
青木由美子

序章

1からはじめる

Start from Scratch

困らない時代の困りごと

もしも新しい料理に挑戦しなければならないとしても、とにかくつくればいいのなら、さして困らずにすむはずです。なぜなら、ちょっと調べれば、やり方が見つかります。

もしも予備知識なしで海の向こうの遠い街に行っても困りません。なぜなら、スマートフォンで検索すればたくさんのことがわかるから。

キャリアを変えて新しい会社に入り、いきなり「会議の資料をつくって」と言われたとしても、困らないでしょう。「前の会社でも似たようなことをやっていたから、コピー&ペーストしてアレンジすればいいや」となるのです。

コンピューターに関係なく、経験を重ねれば、僕たちはたくさんのデータを蓄えることになります。やり方、マニュアル、知恵、経験値、呼び名はいろいろですが、どれも自分なりのデータです。

たとえば、ちょっとした言葉の行き違いで友だちと気まずくなってしまっても、自分なりの「やり方」はすでにあるのです。「前にもこういうことがあったな。しばらく時間を置いてから、さりげない感じで連絡してみよう」という具合に。

大人であればあるほど、僕たちはみな、困らなくなっています。

これははたして、良いことなのでしょうか?

僕はそう思いません。

便利なのは確かです。早くできるのも事実です。効率がいいのも本当です。

しかし、「困らない」ということが、どれだけ自分に大きなダメージを与えているかということに、敏感になったほうがいいのではないでしょうか。

僕は、みんなもっと困るべきではないかと思うのです。

暮らしでも仕事でも、なんらかの状況に対面したとき、まったく困らずに「誰かがいいと言ったやり方」「自分が前に試してうまくいったやり方」でスムーズに処理してしまう。

これは困らない時代だということなのでしょうが、僕に言わせれば困ったことです。たいそう効率よく便利に見えて、実は時間の無駄づかいをしているだけだと感じます。

だからこそ、自分が常日頃、いかに「困っていないか」に気がつきたい。

困らない世の中、困らない世界、困らない環境。

そこに甘んじない人、そこに気づいて「困らないことはよくないな」と思う人が、抜きん出ることができるのではないかと僕は考えています。


なぜなら、コンピューターにデータ化されている、あるいは自分が自分の中に蓄えている「うまくいったやり方」というのは、誰かが一度感動したことです。

それを繰り返し使っていたら、その感動はどんどん使い古されて、薄っぺらくなってしまいます。

だから僕は、日々増えていく「コピーして使い回せるもの」は、今日にでも捨てたほうがいいと感じたのです。


1からはじめて、白紙にする。

まだ誰も感動したことのないことを生み出す。

1からはじめることで、人に感動してもらえたり、奇跡が起きたりします。

1からはじめるのは、過去の蓄積を土台にして近道をするよりも、時間がかかるように見えるかもしれません。しかし、本当に目指す場所にたどり着きたいのなら、実は1からはじめたほうが近道です。

大人になって仕事をするなかで、人とつきあうなかで、日々の暮らしをいとなむなかで、僕は改めて1からやることが一番の本質であると気がつきました。

この発見は衝撃的であり、僕にとっての発見であり、発明でした。

1からやるという意識をもつだけで、いろいろな問題が解決します。

困りにくい時代だからこそ、あえて困る状況に自分を置く。

これは1からはじめるための、準備運動みたいなものなのです。

「わかる」と言ってもわかっていない

困らない時代に生きている僕たちは、すぐに「わかった」と思ってしまいます。

たとえば誰かの話を聞いたり本を読んだりしても、すぐに「あっ、わかった」とあなたも、こんな反応をしていないでしょうか？

「ねえ、私が言ったこと、わかってくれた？」と友だちや家族に訊《き》かれて、瞬時に「ああ、わかる、わかる」とうなずく。

「この案件については、大丈夫ですか？　ご理解いただけましたか？」と仕事相手に訊かれて、「はい、わかりました」と答える……。

おそらく、多くの人が「わかった」と言っているはずです。

なぜならそれが「正しい反応」であり、「ちゃんとした人の答え方」であり、ビジネスマナーであり、優秀さの目安のように受け取られているから。

その「わかった」は、本当に深い理解なのでしょうか？

心の底から相手の言ったことを理解し、心動かされ、自分の腹に落ちたすえの「ああ、わかる、わかる」なのでしょうか？

「この人の言うことは重要だ。しっかりとやりとげよう」という実感と決意がこもった「はい、わかりました」なのでしょうか？

悲しいことですが、たぶん違うと思うのです。

もちろん、みな、嘘などついていません。

ただ、自分の内側まで相手の話を落とし込むというプロセスを省略して、とっさに「わかった」と反応してしまうのです。ちょっと知っている、聞いたことがあるというだけで「わかった」と処理してしまっているのです。


「わかります」は感じの良い返事だし、無視はしていない。それどころか、「いいですね」「気持ちはわかる」「そのとおりですね」と言葉がつながっていくと、お互いに気持ちはいいのです。うわべだけに過ぎないものであっても快いのは、せつないことです。

うわべから生まれるものは、何一つありません。

本当に理解していなければ、その人との関係はうまくいかない。

本当に理解していなければ、一緒に目標に向かって頑張ったとしても、途中でくじけてしまいます。

「わかった」と言っても、わかっていない。

こんな悲しい癖は、なおしたほうがいいのではないでしょうか。

生きるとは
自分の殻を破ること

今までのやり方や、自分が積み重ねてきたデータ。

すぐに「わかったつもり」になってしまう癖。

これらは悲しく困った癖であると同時に、自分を守る殻でもあります。

なぜなら、新しい状況でいろいろなことをこなし、さまざまな人とかかわるには、スムーズに手慣れたふうに対応できたほうが、傷つかずにすみます。それどころか、これまでの経験やデータを土台にして新しいことをしたほうが、うまくいく気がしてしまいます。どんどん近道をして、最短距離で行きたい場所に行けそうだと考えてしまうのです。

でも、もうおわかりでしょう。

それは決して近道などではないのです。また、殻をまとったまま世界とつきあっていたら、その陰に隠れた「今の自分」はどんどん小さく縮こまってしまうでしょう。

だから僕は、つねに自分の殻を破りたい。脱皮と言ってもいいかもしれません。殻を破るというのは、自分に求められていることであり、死ぬまでついて回る宿命だと思います。殻を破ることができてはじめて、僕という人間が、世の中に必要とされるのだと感じるのです。

これは、僕に限ったことではありません。

そもそも、生きるとは自分の殻を破り続けることだと思うのです。生きるとは、変わっていくことです。六〇兆個あると言われている体の細胞が毎日少しずつ入れ替わっているのなら、心も考え方もやり方も、これまでの殻を破って変わり続けるのが自然です。

それでも、殻を脱ぎ捨てるのはおそろしいことです。

人間というのは、ゼロにするのが怖い生きものなのですから。

それを承知で、これまで生きてきた、いくばくかの経験に頼らない勇気をもつ。

その勇気が、自分をもっと成長させてくれるのではないでしょうか。

ゼロからではなく、1からはじめる

まっさらになり、自分の殻を破るとは、全部を捨ててゼロになることと似ていますが、いささか違うことです。

それは、これまでの経験やデータを消去するのではなく、いっさい依存しないということ。

ひとつの具体的な話として僕を例に取るならば、『暮しの手帖』を辞めて、雑誌の世界からウェブの世界に軸足を移したとき、『暮しの手帖』で蓄積したデータはすべて置いてきました。

これにはみんな、驚いたようです。

業界を問わず、会社を問わず、転職するときには、関係者リスト、出会った人たちの名刺、ノウハウといったものをもっていくのが当然とされているからでしょう。

しかし、僕はそれをしませんでした。

『暮しの手帖』で自分がやってきたこと、蓄積した知識、データは、貴重なものです。しかし、それはこれからの武器になるどころか、邪魔になると思っていました。なぜなら、コピー&ペーストをすれば「完成品」が楽にできてしまうものをもっていて、それに依存してしまったら、新しいものを生み出す力が妨げられます。その繰り返しで、最終的には自分がだめになると思っていました。

過去にすばらしいものをつくったとしても、未来にもっとすばらしいものをつくるために、それに頼らない。それが自分の殻を破ることの第一歩であり、今までの経験やデータに依存しないということです。

もっとも、いくら名刺やデータを置いてきても、自分の血となり肉となったものは、消そうとしても消えません。コンピューターと違って完全に消去はできないのです。それはすでに自分の一部なのですから。人はゼロにはならないのです。

「1からはじめる」というと、今までの蓄積がすべて無駄になってしまうと怖くなる人もいるかもしれませんが、しっかり自分の一部となっていたら、決して消えてしまうことはありません。そんな1があれば、再びチャレンジする力は十分蓄えられているとも言えます。

そこで僕は、自分の一部となっている1は1で大事にもっておいて、でも依存しないと決めました。

かくして、ゼロからはじめるのではなく、1からはじめることにしたのです。

1からはじめるのは、時間がかかりますが、それでいいのです。

「1からはじめて、一つひとつ自分がやっていく」とは、「初心にかえって、新しい気持ちになる」ということではありません。必要なものには必要な時間をかけるということです。

なんでもかんでも省略化され、便利さを追求してたくさんのことがおざなりにされるなか、1からはじめるなど、ばか正直で、不器用で、滑稽に見えるかもしれません。

それでも僕にとっては、「これからの自分にとってなくてはならないこと」でした。

これは、僕に限った特殊な例でしょうか?

そんなことはないと、思っています。

自分の仕事について、1から考える

1からはじめるとはどういうことか、1から考えてみましょう。

たとえば、自分の仕事について「1から考えてみる」。

仕事というのはいろいろなクライアント、環境、仕組みの中で動いていきます。誰かに手足を縛られ、自由を奪われているわけでもないのに、僕たちはついつい、「仕事をせざるを得ない」と考えるようになってしまいます。そうするといつのまにか、「仕事とは何か」ということを忘れてしまいます。

一番危険なのは、お金のため、数字のために仕事をしているという姿勢。「ノルマを与えられたから、それを果たすのが仕事だ」となってしまったら、とても怖い。それはみんなわかっていると思います。

危険はほかにもいろいろあって、「仕事だからやらないと」という空気、「会社や上司のことを考えたらやらざるを得ない」という慮《おもんぱか》りも、おそろしいことです。

実はよくないことであっても、「みんながやっているから、反対するのは気まずい」という理由で同調していたら、自分の中にじわじわと毒が溜まってしまうことでしょう。

だからこそ、「本来、仕事とは何か」ということに立ちかえって指差し確認することが、とても大事だと僕は思いますし、実際にそうしています。

ほかの本にも書いていますが、仕事の定義は「困っている人を助けること」です。本でも、商品でも、ウェブサイトの仕事でも同じです。

それが「売れる、売れない」よりも、「困っている人を助けることができるかどうか」が重要なのです。

「この仕事は、困っている人をしっかりと助けられているだろうか」

何をしていても、その都度、そこに立ちかえるというのが、僕にとって1から仕事を進めていくための最良の策です。

これをしないと、いつのまにか仕事の本質を忘れて、「面白いから」「売れそうだから」といった自分都合になったり、「頼まれたから」「義理があるから」という妙な気遣いに流されたりして、本来の自分の仕事を忘れてしまいます。

仮にそうやってなしとげたことが「成功」と呼ばれても、誇れない。

仮にそうやってした仕事で大金持ちになっても、うれしくない。

また、自分都合や気遣いで仕事を続けたら、自分の殻はますます分厚くなってしまうことでしょう。

自分のかかわることについて、つねに疑問をもつ

自分の仕事について1から考えるときに限ったことではありません。

自分のかかわることに関しては、つねに疑問をもちましょう。

それは社会全体のことももちろんですが、小さなことにまでおよびます。

たとえば、とても忙しくて、夕方のたった二時間で、買い物も食事の支度も子どもの世話もあれこれの雑用もこなさなければならないとき、「ここで自分が果たすべき役目はなんだろう?」と考えてみるのです。

忙しいと僕たちは、それを忘れてしまいます。

「そんな暇があったらさっさと片付けよう!」とばかりに、時間内にすべてのタスクを終える「効率」だけに支配されてしまいます。

「買い物は、なんのため? 食事の支度は、なんのため? 子どもの世話は、なんのため? この雑用は、なんのため?」

それを忘れて、やるべきことに番号を振ってこなしていくような態度でいると、一つひとつに確実にあったはずの「それをやる理由」が消えてしまいます。それど

ころか、自分自身が消えてしまいます。

効率とは、限りある時間で
価値があることをすること

なんのためにそれをするか疑問をもち、考える時間を取ることが大事です。

人それぞれ理由は違うと思いますが、たとえば「食事をつくって子どもの世話をするのは、家族と自分がしあわせになるため」というように、本来のスタートラインに立ちかえることができます。

これは自分自身の心を守る方法ですし、学びにも、モチベーションにもなると思います。

効率は大事です。しかし、みんな効率の意味を間違ってとらえているのではないでしょうか。「短い時間でたくさんやればいいんでしょう」と。

しかし、本当の効率とは、大切な時間をつかって、価値があることをすることです。

ここをしっかりと押さえておけば、流されずにすみます。

「これをやるのは、なんのためかいちいち考えていたら、時間がかかって仕方がない」などと思わなくなります。

「1からはじめるのは、効率が悪い」という意識も消えていくと思います。

また、「価値」ということを真摯《しんし》に考えると、自分都合のことばかりやらなくなります。

自分を喜ばせるため、自分を助けるため、自分がお金儲けをするためというのは、際限なく大きな価値にはなり得ないからです。

大きな価値を生み出すとは、自分以外の人を助けたり、喜ばせたりすることなのですから。

1から考えて、起点と未来を語る

このように考えていくと「1からはじめる」とは、とても個人的なことであると同時に、人とかかわっていくことでもあります。

この世界には、一人ではじめて一人で完結することはありません。

そこで、どうやって人とかかわっていくかについても、1から考えてみましょう。


僕は今、会社の経営にかかわっており、一緒に仕事をしている何人かはコンサルタント出身。賢い人の多いコンサルタントの中でもとくに優秀な人たちです。クライアントに事業などの提案をするとなったとき、彼らの情報量とわかりやすさには圧倒されます。

量を誇るだけの情報なら、頑張れば誰にでも集められます。しかし、彼らが集めた情報は量はもちろんのこと、質がすばらしいのです。

あるクライアントへのプレゼンテーションで、こんなことがありました。

コンサルタント出身の僕の会社のメンバーが話すうちに、クライアント側の人たちの顔が変わっていったのです。それはまさしく驚きの表情でした。

彼はその会社についての情報をつぶさに調べ上げており、そればかりか深い分析と考察をしていました。まるで、自分自身がクライアントの会社の経営者のように、経営理念やそこから導き出された課題、世の中においての役割、中長期の事業計画、予算や人事など、あらゆる事情を熟知した深みのある内容だったのです。

彼と一緒に提案側にいる僕までほれぼれしてしまうような、誰の目から見ても明らかにすぐれたプレゼンテーションでしたが、ずっと黙っていた経営者が大きな声をあげました。

「いったいどこからこんなデータを集めてきたんですか!」

それだけでプレゼンは成功したようなものでしたが、彼はさらにクライアントの会社の未来について提案をしました。それも一つでなく、さまざまな可能性を一〇パターンぐらい出します。

「こういう特徴をもった御社が、僕たちのアイデアを活用してくれれば、こんなことができます。こういう未来がひらけていきます」

最終的にクライアント側の答えは「わかりました。すべてお任せします」でした。誰もが一目置く経営者は、こう言ってくれたのです。

「経営者の自分よりも自分の会社のことに詳しいなら、信用できます。しかも、すばらしい未来をいくつも提案してくれる。こんなにうれしいことはありません」と。

1から考えて、相手以上に相手に詳しくなる。これは最初の一歩です。こういう能力は普通の会社員でも、ある程度の年齢になると求められます。

相手に詳しくなるという「起点」からスタートして、相手の「未来」を語れるかどうかが、人とかかわっていけるかどうかのポイントです。

あくまで仮の話ですが、松浦弥太郎という作家に対して、「あなたを1から分析しました」と、僕以上に僕を詳しく知ってくれている編集者が二人いたとします。

一人の編集者は「半年後に売れる本を考えました」と言ってくれます。

もう一人の編集者は、「この先、松浦さんがするべきことは、こういう方法でこういうものをつくることではないでしょうか。そうすれば二〇年後にもっと世の中にコミットできますよ」と言ってくれます。

二人の編集者を比較した場合、より信頼できて、心躍るのは、二〇年後の未来の話をしてくれる編集者です。

なぜなら、半年後のベストセラーなら自分でもある程度は考えられます。

しかし、二〇年後の自分を思い描くことは、自分では無理です。なぜなら、自分はそこまで客観的になれないから。そこで、「二〇年先の未来」を見せてくれる人が信頼できると感じるのです。

愛情の深さが未来を広げる

未来の話をしてくれる人は、愛情深い人だとも感じます。

僕たちはよく「子どもの将来を考える」と言いますが、あれはまごうことなき愛情です。

親は子どもに愛情があるから、「明日、楽しければいい」とは思いません。

今、おいしければいいとジャンクフードを与えたりはしない。

今、楽しければいいと、無鉄砲な遊びに送り出さない。

一〇年後、二〇年後、いいえ、自分が死んでしまったその先まで考えて、「だから◯◯しなさい」と子どもに言うのではないでしょうか。

愛情の深さは、年齢とともに増していくものですし、未来を見る力も、年齢を重ねたほうが身についていきます。

それには理由があって、いい悪いでなく、若い人は愛があっても「今」を見据える性質があるためです。若い人は愛情豊かであっても、大人の愛情深さとは違うところがあります。

大人になればなるほど、ものごとに対する愛情の深さは増すはずで、それによって自分の仕事や暮らしも自然と豊かになっていきます。

仕事がうまくいったり、暮らしがととのったり、人を思いやれるようになったのは、経験を重ねたからでも年をとったからでもない。愛情深くなった証拠なのです。

人間が年齢を重ねることによって唯一成長できるのは、愛情深さだと僕は思っています。

人は一日生きると、一日人に愛されています。配偶者、パートナー、家族、友だち、つまり世の中から愛されていなければ、僕たちは世の中に存在することができません。

そして「愛される」ということは、愛情を知るための方法であり、愛情を知った人は、愛されるだけでなく、自分も愛そうと思うように人間ができている……。僕はそう信じています。僕たちは、昨日より今日のほうがほんの一ミリ、愛情深くなっていると感じているのです。

こう考えると、「未来を語るのは若者だけだ」というのは思い違いです。

年齢を重ねれば重ねるほど愛情が深くなり、自分だけではなくまわりの人の未来も語れるようになります。

もちろん、人間には愛情だけでなく欲望もあります。若かろうと、大人だろうと、老人であっても、自分のことしか考えたくない人もなかにはいます。

「愛情を与えられるのはうれしいけど、自分は与えたくない」という人たちです。

そういう人は未来を見ることができないし、すべて自己都合でやるので、失敗もしないけれど成功もしないでしょう。

ヴィジョンにこだわる

つねに心がけるのは、起点と未来。その両方に深くコミットしていきたいと考えています。それが1からはじめる秘訣であり、人とともに歩む最良の方法です。

さらに話を具体的にすれば、起点と未来を踏まえて、ヴィジョンをもつことが大切です。

ソフトバンクで孫正義さんの部下だった友人から、孫さんが何度もおっしゃっていて、一番印象に残っている言葉を教えてもらったことがあります。

「登る山を見つければ、もう半分登ったのと一緒だ」

僕の解釈では、「山」というのはヴィジョンです。自分が「よし、これでやっていく」というヴィジョンさえ決められれば、もう半分ぐらい成功している。ヴィジョンそのものが発明であり、ヴィジョンという発明をできるかできないかが仕事の半分。ヴィジョンというのはそのぐらい大事だし、そのぐらい考え抜いて生み出すものだ……孫さんは、そうおっしゃっているのだと感じました。

ヴィジョンさえ見つかれば、ロジックやどうやってなしとげるかの方法は、自分だけでなくチームのメンバーも考えてくれます。ミッションという「やるべきこと」も定まってきます。ここまできたら、あとはチームで邁進《まいしん》するだけです。

孫さんには遠く及びませんが、僕自身もプロジェクトや事業を動かすときには、徹底的に議論し合ったり、自分の中で深く考えたりして、ヴィジョンを何度も何度も書き直します。それをやっておかないと、仕事を進めていっても、結局、振り出しに戻ることになってしまいます。「そもそも、なんのためにやっていたんだっけ？」と迷子になるのです。

1からはじめるなら、何はなくてもヴィジョンだけはしっかりともつ。ヴィジョンにこだわり抜くことが大切だと考えています。

個々の仕事、プロジェクト、暮らしの目標。そうした小さなヴィジョンもありますが、それらをまとめた大きなヴィジョンは、結局のところ「松浦弥太郎はどう生きるか?」への自分なりの答えだと思っています。自分の人生をかけて何をやりたいのかということです。

何よりも、情熱

「今日の成功は、明日の失敗だ」

これも教えてもらった孫さんの言葉です。

今日、あるやり方で成功したからといって、次の日もそのとおりにやると必ず失敗する。つまり、「今日の成功を疑え」ということでしょう。

たしかに成功というのは、たった一つの「正解」によって得られるものではありません。

それなのにうまくいったやり方に則って、次の日も同じようにやったら絶対に失敗するのは、なるほど、そのとおりだと思います。

僕はこれを「毎回、新しい考え方で1からはじめる」という意味にも感じました。同じことを同じ考え方で繰り返すことは、どんなことであってもとても危険です。時代は自分の意識よりももっと先へ進んでどんどん変化するのに、自分だけが変わらなければ置き去りにされてしまうでしょう。1からはじめなければ、成功するどころか、取り残されてしまうということです。


しかし、一度成功したやり方を毎回捨てて、1からはじめるというのは、たいそう厳しいことでもあります。

「そんな大変なことをしなくても、ある程度、自分のルーティンで回せばいいじゃないか」という惰性に流されそうになるかもしれません。

だからこそ、孫さんがおっしゃったという、「成功の前提」が大切なのだと感じます。

「成功の前提は情熱」

孫さんはそうおっしゃったというのです。

能力としてはとびきり優秀でもない。無茶なことを言っているかもしれない。でも、誰よりも情熱がある——そんな人がいれば、「じゃあ、こいつに任せてみようかな」となるそうです。

仕事というのは合理性の追求のように見えますが、それだけでうまくいくものではありません。いくら理論立てて正しいプランを提案したとしても、「この人、本当にやる気があるのかな?」と相手に感じさせてしまったら、その仕事がうまくいくはずもありません。

情熱。懸命さ。本気。

これはすべての原動力ではないでしょうか。

1からはじめることは、時として面倒です。軽くできることではありません。しかし、前提に情熱があれば、できないことではないと思います。

「1からはじめる」と、

味方が集まってくる

ヴィジョンがあれば、何をやっていても惑わずにすみます。

「これはヴィジョンに向かう一歩なのか? 方向性は合っているのか?」

つねに点検することも重要です。

ヴィジョンに向かっているのであればオーケーだけれど、いろいろな都合や事情でヴィジョンに反することをやってしまうことは多々あります。迷いや悩みが生じるのは、おおむねヴィジョンから外れていることが原因です。

そういうときには、勇気を出して振り出しに戻り、何度でも、「1からはじめる」しかありません。


ヴィジョンをもったら、自然に人が集まってきます。

自分と同じようなベクトルをもつ人たちが、同じヴィジョンに向かって歩いてくれます。

それでも日々思索して悩むとき、僕は人を観察しています。自分と同じようなことを思索し、悩んでいる人が世の中にはきっといるから、そういう人と会って、お互いの力を合わせて、また1からはじめようと考えているのです。

彼らと大親友になるというわけではありません。親しさとは別の、志を同じくする仲間です。

そういう人と出会うには、自分についても深く熟知していなければなりませんし、「この人だ」と思ったら、相手のことも熟知すべきです。自分のヴィジョンから生まれる「やるべきこと」についても熟知が必要です。

それが仕事であれば、その先にいる人に対しても熟知していなければなりません。

「1からはじめる」という勇気をもち、ヴィジョンを生み出す。

世の中と、自分と、まわりの人たちを観察する。

そうすれば、やるべきことがわかりますし、世の中と自分と人々を熟知すれば、たいていのことはうまくいきます。

しかし、この世の中に絶対というのはないから、慢心せずに勤勉であること。学び続ければ、世界には知らないことがたくさんあるとわかるので、謙虚になれるし、もっと勉強できるし、もっと成長できます。

この繰り返しで自信がついたら、何度でも1からはじめることができると僕は信じています。

「1からはじめる」と、自信が湧いてくる。

「1からはじめる」と、味方も集まってくる。

だから僕は、今日も1からはじめるつもりです。

序章のまとめ

自信をもちたいなら、まず1からはじめよう。

1からはじめるには、ヴィジョンをもとう。

1からはじめるには、「今の仕事」を疑おう。

1からはじめるには、「自分の殻」を破ろう。

1からはじめるには、限りある時間を大事なことに使おう。

第1章

勇気

Courage

1から「今すぐ」はじめる

「1からはじめる」と決めたなら、できるだけ早くやったほうがいいのです。じっくりと考えて、確実な方法で計画を立ててからはじめるのではなく、とりあえずスタートするのが大切です。

これは、今の時代に寄りそったやり方でもあります。

国と国が争いごとをはじめるかもしれない。嵐や地震や事故が不意に起きるかもしれない。そのほかにもさまざまな可能性をはらんで動いているのがこの世界です。いつ何が起きるかわからないという状況に置かれていれば、人の気持ちもその影響を受けます。

だから僕は、何を1からはじめるにせよ、「今すぐスタート」を原則としています。今日いいと思ったことは明日古びるかもしれないし、今日はなんでもなくできたことが、明日はむつかしくなるかもしれないのです。

序章で書いたとおりヴィジョンさえしっかりとわかっていれば、「こんなことをはじめますよ!」と、旗を掲げてしまいます。その旗に共感してくれる人たちが集まってくれれば、ロジックや方法をその人たちも一緒に考えてくれます。

このやり方を、僕は昨年（二〇一七年）、尊敬する人に教えていただきました。自分のヴィジョンについて、「三年後は東京でオリンピックがあるし、僕はこんなことをしていたいんです」と話したら、その人に言われたのです。

「もっと早くやったほうがいいですよ。なんで三年もかけるのか理解できない。決めたんでしょう？　すぐにやったほうがいい」

そう言われて、衝撃を受けました。

僕のヴィジョンはオリンピックと不即不離のことでもなく、「なんとなく三年くらいでやるのがよさそうだし、ちょうどオリンピックだな」と思っただけだったのです。それだけの理由ですぐさま行動せずにいた自分が、少し恥ずかしくなりました。

まして僕らは、ベンチャー企業を立ち上げたばかり。スタートアップは、これまでの世の中になかったものを生み出してこそ存在意義があるのに、アイデアをゆっくりあたためていたら、他の人も同じようなことを思いつくかもしれません。

競争相手が増えてしまったのでは、いかに自分のヴィジョンがたしかなものでも、オンリーワンになれないのです。

今すぐやるのは、勇気がいる。しかし、1からはじめるには、スピードは不可欠なのです。

いつも「最短距離」を考える

1から「今すぐ」はじめたら、必要な時間はしっかりかけます。

花のつぼみが開くのが待ちきれなくて、無理やりこじ開けて枯らしてしまうのは、愚かなことです。

ゆっくりていねいに煮込んだほうが、おいしいシチューができるのならば、ゆっくりていねいに煮込みます。

然るべき時が来るまで、待ったほうがいいことはあるし、かけるべき時間を端折《はしょ》ってはなりません。

ただしこれは、「いくら時間がかかってもいい」という意味ではありませんし、あれもこれも、すべてに時間をかけるということでもありません。

時間をかけるべきことには時間をかける。

しかし、時間をかけてもかけなくても変わらないことであれば、時間をかけずに最短最速でやったほうがいいのです。

たとえば同じような道が三本あって、真ん中の道が最短距離で目指す場所にたどり着けるのなら、迷わず真ん中の道を選ぶという話です。

このヒントを、僕は箱根駅伝でもらいました。

トップを走るチームのある監督は、いつも選手の後ろで、繰り返しこうささやいているそうなのです。

「最短距離、最短距離、最短距離」

どんなコースにも道幅があります。

たとえばカーブを道の外側のラインに沿って曲がるのと、内側のラインに沿って曲がるのとでは、わずかといえども目指す地点までの走行距離は違ってくるでしょう。もしかしたら道の端と端を斜めにつっきるように走ったほうが、隣で走っている人より短い距離ですむかもしれない。

たとえ半歩の差であっても、その半歩の差で勝つ。だからその監督はいつも「走りながら最短距離を考えなさい」と、選手たちに言っているそうです。

この話を聞いたとき、実に理にかなっていると思いました。

長距離だからこそ、いつも最短距離を考えることで無駄なく走れるし、挫折しなくてすむのです。僕もマラソンをずっと続けていますが、走っていてつらくなったとき、「どうすれば最短距離になるだろう?」と、次のことを考えれば、今のつらさを客観視することができて、ちょっとつらさがやわらぎ、気持ちが落ち着きます。

「時間をかけるべきものはかけ、そうでないものはいつも最短距離」

マラソンに限らず、これを自分のルールにしようと思っています。

情熱的に落ち着く

スピーディに1からはじめるために、なくてはならないものは情熱です。

ヴィジョンをもつとは、何かに愛情と情熱をたっぷりと抱くということです。

こんなことを言うと、「まっすぐすぎて暑苦しい」と感じる人がいるかもしれませんが、愛と情熱がなければ、1からはじめることはできません。

ところが残念なことに、情熱をもつどころか何事に対しても上の空でいる人が、思いのほかたくさんいるようです。

たとえば、一見ちゃんと仕事をしているのだけれど、実は頼まれたことを器用にこなしているだけの人。当事者意識も問題意識もなく、どこか他人事だという人。たとえば、真剣に話をしているのに、すごく大事なことになると、目がうつろになってぼんやりしてしまう人。

こうした人たちはまるで、「自分でものを考える」という機能が退化してしまったかのように見えます。

現実感をうしない、自分のことなのに、あたかももう一人の自分が自分を観察しているように感じられる心の状態があります。子どもの頃の精神的なストレスがきっかけでかかってしまうといわれています。つらい心の病ですから、専門家の助けが必要でしょう。

しかしそれとは別に、僕は近頃、この状態に近い「現実逃避」に陥る人が増えているような気がしてなりません。

病気でもないのに、他人事のようにものごとからすっと引いてしまう。なぜかといえば、理由はおそらく、「自分のキャパシティはここまで」と自ら線を引き、「それを超えるものについては受け入れない」と決め込んで、「あっ、もう無理だ」と思った途端、心が逃げ出してしまうのです。

冒険したくない。チャレンジしたくない。失敗したくない。
能力があるのに頑張らない理由は、そこにあったのです。

あなたも、もしかしたらそんな弱さを秘めているかもしれません。「傷つきたくない、恥をかきたくない」という、ある種の自己防衛なのですから。

しかし、「あっ、たしかに私ってそんなふうになるときがあるな」と気がつくことができたなら、あなたはもう、殻を破ることができます。

自分で自分のキャパシティを決めてしまっていると気がつけば、「いやいや、もっと広げよう」と改めることができます。

気がついたら、また1からはじめればいいのです。

もう一つ付け加えれば、情熱をもつとは、無理やりに自分を奮い立たせて、熱く激しく行動することではありません。「最短距離を考える」といった強いドライブ感をもちながら、同時に落ち着いていることが大切です。

仕事の場でも、暮らしの場でも、予期せぬことがいろいろ起きます。そのときに適切な対応ができるかどうかは、自分がどれだけ落ち着いているかにかかっています。

上の空にならず、自分事として情熱的に。
熱い心は胸の奥に忍ばせ、冷静に。
気持ちの高まりをもっていても、沸騰させない節度をもつ。
この塩梅《あんばい》が、1からはじめる心構えとして、大切なのではないでしょうか。

「目に見えない部分」からはじめる

1からはじめるとき、具体的に何をするかについても基本があります。
それは、目に見えない部分からはじめるということ。
あらゆるものごとには、目に見える部分と見えない部分があります。

仕事についていうと、目に見えない部分は、プランニングや思考や発想です。頭の中はフルに働いているのですが、はたからは「なんだかぼんやりしているな」といった具合で、仕事をしているさまが目に見えません。

いっぽう、資料や企画書をつくったり、プレゼンテーションをしたり、実際に商品開発をしたり、取引先を訪問したりといったことは、仕事の目に見える部分。誰が見ても「頑張っているな」とわかります。

目に見える部分はわかりやすいから、「これぞ仕事」としてみんなに知られており、そこからお金が生まれます。

どちらもなくてはならないことで、両方がふさわしいボリュームで配分されていないと、良い仕事はできません。

「1からはじめよう。すぐにはじめよう。最短距離ではじめよう」となったとき、目に見えることからはじめてしまう人がほとんどです。

しかし「1からはじめる」の「1」は、目に見える部分ではなく、目に見えない部分にあります。まだ何も形になっていない、見えない部分が「1」なのです。

ここをおろそかにしてしまうと、この先、どのように進めていくかが自分でコントロールできなくなります。

目に見えない部分をおろそかにするとは、言葉を換えれば、ヴィジョンなしでスタートするということ。ハンドルなしで運転していくようなものですから、コントロール不能で目指す場所にたどり着けないのは当然です。

それなのに僕たちはしばしば、「1」を飛ばして、目に見える部分からはじめてしまいます。その理由のひとつは、締め切りでしょう。

「この資料、今週中に仕上げて」

「プレゼンは来月だからしっかり頼みます」

こんな具合で、締め切りというのは、誰かに与えられたものです。そのプレッシャーからつい、すぐに走り出してしまうのです。

そのうえ困ったことに、目に見える部分はコピー&ペーストができるので、なんとかこなせてしまう。会社ごと、業界ごとのテンプレートのようなものも、できているから形にはなるでしょう。形になれば「やりとげた、仕事をした」と、自分もまわりも満足してしまいます。たとえそれが、なんら新しさもアイデアもない、過去の焼き直しだったとしても。

こうして上滑りな仕事が積み上がっていき、「1からはじめる」という経験から遠のいてしまいます。

ヴィジョンをもたず、人に設定された時間のルールのもとで、コピー&ペーストでこなすように仕事をはじめたら、自分を見失わないほうが不思議です。根っこがあるようなものはつくれなくてあたりまえです。

この繰り返しを続けていたら、僕たちは何もなしとげずに、心がくたびれてしまいます。

料理をするときには、手順があります。「お湯を沸かして、野菜を洗って、魚のウロコをとって」という、順番が決まっている作業です。ここは淡々と進めるだけでいい「目に見える部分」です。

しかし、「何をつくろう？」「どんな味にしよう？」「この材料を使ってどんな料理がいくつできるだろう？」と考えるのは、「目に見えない部分」です。

自分だけのオリジナリティが出る重要なポイントはどちらか、もうおわかりでしょう。「目に見えない部分」に「1」はあると、覚えておきましょう。

誰も認めてくれないことから、はじめる

目に見えない部分は、すぐにお金になりません。

「頑張ったね」と認めてくれる人も、「よくやった」とほめてくれる人もいません。目に見える部分は、誰にでもわかりやすいからすぐにお金になります。人にも認めてもらえます。

たとえばある村にお菓子づくりの大好きな子どもが二人いたとします。

一人は村の伝統菓子をおばあちゃんに教わり、言われたとおりのレシピでたくさんつくり、村人に配ります。

「じょうずだね、おいしいよ」とほめてくれる人もいるでしょう。

おばあちゃんも喜んでくれるでしょう。

「みんなに配るなんて偉いね。とてもおいしいから、隣の村で売ってきてあげる」と申し出る人だっているかもしれません。

認められ、ほめられた子どもはうれしくて、ますますお菓子を懸命につくるでしょう。

いっぽうもう一人は、ただ台所の戸口にある小さな椅子に座っています。昨日も、今日も、たぶん明日も座っています。この子の頭の中は「新しいお菓子、おいしくて体にもいいお菓子をつくりたい」とめまぐるしく動いていますが、村人にはそんなことはわかりません。

誰もこの子のことはほめません。何もせず、ただ座っている姿しか村人には見えませんから、「あの子は怠け者」というレッテルを貼る人もいるかもしれません。もちろん、お菓子づくりの達人と認めてなどもらえません。お菓子を売ってお金にするなんてことも縁遠いようです。

この子がそれでも、新しいお菓子を考え続けられるかどうか。分かれ道はここにあります。

人の見ているところならばできることが、人が見ていないところでできるかどうか。

これが本当に「1からはじめる」ことができるかどうかの分かれ道です。

誰だって人に認められたいし、ほめてほしいから、人に見られて「ああ、素敵だな」「立派だな」「こんなことに気づく人なんだ」と思われる場面で動くのは簡単です。

しかし、誰も見ていないところで動ける人は、自分の内側から「これがやりたい」という思いが湧き出ているからやるのです。まわりの誰かではなく世の中全体に対して、「これをやらなければいけない」という信念があるからやるのです。

誰に認められなくても、一人で世の中を見渡し、愛情不足なところ、誰からも気にかけてもらえない部分を見つける。困っている人に気がつく。それらをひっそりと、一つひとつ自分でうめていく。

このやり方を自分のスタンスとすれば、その果てには大きな成功が待っています。その成功とは、なんでしょう？　お金や名声かもしれませんが、それはあくまでおまけのようなものです。

青臭い言葉かもしれませんが、自分だけが幸せになることはできません。世界が平和で幸せでないと、自分も幸せになれないのです。

成功とは、世界が幸せになるように貢献し、世界の一員として自分も幸せになることです。

それが最終的なゴールであれば、誰にも認めてもらえないことからはじめるのが一番だと、僕は考えているのです。

どんな人とも、1からはじめる

「1からはじめるには、勇気がいる」

「1からはじめるのは、怖い」

　そう感じる心の根っこには、人間関係があると思います。

　たとえば、これまでのキャリアから別のキャリアに進路を変更して1からはじめるというとき、一緒だった仲間と別れて新しい人間関係を築くことになります。これがたいそうハードルが高いことに思えて、1からはじめる勇気が出ないという人は少なからずいます。


　また、キャリアは変えなくても新しいことを1からはじめるとは、自分自身が変わるということです。

　そうするとかつての仲間から「なんだかあなた、変わっちゃったね。さびしいな」などと言われることがあります。

　趣味を変える、服装を変える、行動を変える。ただそれだけなのに「あなたはこんな人じゃないと思っていた」という声があがることはしばしばです。すると暗に「裏切り者」と言われているようで、気がとがめる人もいるようです。

あなたは、何一つ悪いことはしていない。

それどころか、もっと成長しようと、新しい一歩を踏み出そうとしているだけなのにもかかわらず、うしろめたくなる。これはしんどい話です。


僕が思うに、友だちというのはとても大切で特別なもので、どんなことをしようと、何をしようと、原則として関係性は変わりません。

多くの人が悩むのは、「知り合い以上友だち未満」という関係ではないでしょうか。

こうした「濃いようで薄いつながりの人たち」は、あなたが1からはじめようとするとき、応援してくれないケースが多いでしょう。

なぜなら彼らは「同じ職場、同じ趣味、同じプロジェクト」といった共通点だけのつながりだから。共通点がなくなると、途端にお互いの関係性が切れてしまう、組織特有の動きはよくあるものです。

では、そういう人たちとの人間関係をどうすればいいかと尋ねられたなら、僕の答えは「とくになし」。

自分からわざわざ「ぱちん！」とはさみで断ち切るように縁を切るわけでもなく、

かといって定期的に連絡したりSNSをまめにしたりして、無理につなぎとめる必要もないということです。

彼らとは今まで、いろいろなことを共有できて、お互いに気分よく過ごしていたかもしれません。理想を言うと、新たなことを1からはじめたとしても、過去に縁があった人たちのことも引き続き大事にしたいかもしれません。

しかし厳しいことを言えば、それは理想にすぎないのではないでしょうか。

少なくとも、僕のキャパシティでは不可能です。そしておそらく、多くのみなさんのキャパシティでも、現実的にはむつかしいと思います。1からはじめようとするなら、新しい出会いもあるし、新しい関係性もあるから、時間と心のキャパシティを考えると、古い人間関係まで手がまわらないのです。

だからといってわざわざ捨てるほどでもないので、「とくになし」という答えになります。あるがまま、なりゆきに任せる、ということです。

たとえば、疎遠になった人と道でばったり会ったとして、ちょっとお茶でも飲みながら情報交換くらいするかもしれません。あるいはお互い時間がなくて、立ち話のまま「またいつか」と、約束をするわけでもなく別れるかもしれません。僕はそれでいいと思います。「そんなのもったいない」と思うのは、少し欲張りすぎではないでしょうか。

友だちとの関係は変わらないというのは「原則」だと書きました。「原則」であるならば、例外もあるのです。

もちろん人にもよりますが、お互いがどんどん成長していくと、ずっと変わらない関係でいるというのはむつかしいことです。

仮に僕に若い日々を共にした大親友がいたとして、相手が自分よりもはるかに成長してレベルが違ってしまったら、今までどおりに仲良くやろうとするのは、お互いにとってストレスになります。

相手は目線を下げなければいけないし、僕は目線を上げなければいけない。話がもう合わなくなっているのに、合っているふりをしなければならない。かつての関係が近ければ近いほど、お互いにつらい気持ちになるでしょう。

成長して変わる、住んでいる世界が変わる、価値観が変わる、生活が変わる。人は生きている以上、かならず変化していきます。

こう考えると、どんなに古くから知っている相手とも、いつもはじめましての気持ちになり、「1からはじめる」という関係づくりがいいのかもしれません。

二〇歳のとき、あなたに大親友がいたとして、あなたが何もかも知っているのは二〇歳の彼女。しかし、四〇歳のとき、あなたと彼女は、「はじめまして」の間柄です。だから四〇歳の人間同士として、1から新しく関係性を築いていくのです。

これは仕事相手でも夫婦でも家族でも、実は同じなのかもしれません。

距離感を守る

新しい人間関係に1から入っていくとき、人に近づきすぎるのはあやういことです。

僕たちにはみな、多かれ少なかれ「人に好かれたい」という気持ちがありますが、人に好かれようとしてやることは、たいていは「よくないこと」です。

人に好かれようとして、飲めないお酒を「飲めます」と言ったり。

人に好かれようとして、苦手なことを「やります」と言ったり。

人に好かれようとして、本当は気が進まないのに、職場の親睦の集まりに無理をして参加するのもいただけません。

ごく普通に自分を見せ、相手との距離感をきちんとキープする。好かれようと無理をせずに、淡々とつきあいをはじめるのがいいでしょう。

宇宙飛行士の訓練について、こんな話を聞いたことがあります。宇宙に実際に飛び立つ人を選ぶときには選りすぐりのメンバーを集め、一定の期間、一緒に行動させせます。たいていは外部から遮断された環境。試験官は、メンバーがそこでどのようなふるまいをするかを、一人ひとり、チェックするのです。「あの人は何をやっていて、この人はどういう人間性で、どういうペースで働いているか」と。

調和を乱さないというのが、宇宙船の中では一番大事なことだそうです。それなのに、訓練生のなかには張り切って、初日からあっちへ行ったり、こっちへ行ったり、人にやたらと話しかけたりする人がいて、そういう人は次の日には外されてしまうそうです。宇宙船という閉ざされた空間で、仲間とうまくやっていくには、無駄に動き回ったり、急に人間関係の距離を縮めたりするようではだめだということでしょう。

これは僕たちの社会生活にも当てはまるのではないでしょうか。

人間関係というのは1から育てていくものですが、ずいぶん育ってきたとしても、ほどよい距離感が必要です。それが仕事ならなおのこと、距離感はなくてはならないものです。

僕も日本人なので、仕事であっても義理や人情みたいなものにとらわれることがあります。

仮の話ではありますが、「仕事として判断したら、もうこのプロジェクトからは手を引くべきだ」というとき、感情が邪魔をして、「担当のあの人にはお世話になったから、あと一年ぐらいは義理で続けよう」などと、適切な判断ができなくなるのです。

逆の場合もあるでしょう。

「松浦さんは好きだけれど、もう会社の方針が変わったから仕事は頼めない」という可能性もあります。そのとき、相手の人と僕が距離感を縮めすぎていたら、お互いにつらい思いをしたり、必要以上のストレスを感じることになります。

それが仕事であれば、誰とでも一定の距離を保つことを基本としましょう。

「仲良くならない」というのは一見冷たいようですが、お互いの関係をすこやかに保ち、本来、やるべき仕事をヴィジョンどおりにやりとげるための秘訣です。

取引先に限らず、上司でも同僚でも部下や後輩でも、職場ではすべての人に対して一定の距離感をもって接するようにしましょう。

いつもにこにこして感じがいいけれど、好かれようとして無理はしない。

気軽なおしゃべりはするけれど、しゃべりすぎない。

みんなと仲はいいけれど、特別に親しい人は誰もいない。

この絶妙な距離感を保ちながら、やるべき仕事を淡々とこなしていると、距離感がいつしか尊敬に変わります。「この人はすごい」と、一目置かれるようになるでしょう。

失敗に価値がある

ここまで書いてきたことは、ずいぶんハードルが高いことに思えるかもしれません。

今すぐに／最短距離で／情熱をもって落ち着きながら／目に見えない部分を／誰からも認めてもらえなくても、ヴィジョンを抱いて1からはじめる……。

人間関係は、新しくても旧知の仲でも、距離感をもって1からはじめる……。

「無理だ、怖い」と感じる人もいることでしょう。

そんな自分の背中を、自分で押しましょう。それにはこのおまじないが一番です。

「失敗を前提で1からはじめる」

できない、無理、怖いという気持ちは、「失敗してもいい」とルールを変更した途端に、意味がなくなります。

できなくていいのです、失敗が前提なのですから。

無理でいいのです、失敗してもいいのですから。

怖いというその気持ちを分解したら、「失敗したらどうしよう」という恐れがひそんでいるのではないでしょうか？

失敗してもいいとなると、人は自由になれます。

逆に言うと、失敗しないというのはたんなる無駄だと僕は思うのです。

たとえば、「この村の名物を新しくつくろう」というときに、もうすでに村の名物になっている伝統菓子を失敗せずにたくさんつくったところで、なんの意味もないのです。成功でもないし、失敗でもない。「伝統菓子をつくる」というその行動があってもなくても状況は変わらないし、誰も困りません。喜ぶ人はいるでしょうが、「新しい名物ができてよかった」という喜びではありません。

いっぽう、「村の名産のたけのことサクランボで、食べたことがなかったようなお菓子ができないかな?」と試してみて、「これはひどい」という大失敗をしたのなら、大きな収穫になります。

「たけのことサクランボではおいしいお菓子ができない」という答えが見つかったのですから。


これはあくまでたとえ話で、現実はこれほど単純ではないと思うかもしれません。

しかし、たいていのことは、これほど単純。それに気がつくべきだと僕は思います。

し、知ってしまえば、失敗が怖くなくなり、1からはじめる勇気が湧いてきます。


世の中の失敗で一番大変なのは、人間関係にまつわることです。僕たちはみな、無防備な心をもっているから、ちょっとしたことで傷ついたり、怒ったり、悲しくなったりします。

人間関係の失敗は、防ぎようがありませんし、収穫にならないことがほとんどです。

だからいさぎよく謝ると、僕は決めています。

実際に僕は一日に何回も謝ります。どんな小さなことでも、自分が間違っていた、失礼をした、ミスをしたと気づいたら、「すみません」「ごめん、ごめん」と謝ります。「申し訳ありませんでした」と非を認めて頭を下げます。

目立つトラブル以外は謝らずにうやむやにする人もいますが、頭を下げられないのは、つまらないプライドと意地があるからではないでしょうか。

意地を捨てて、謙虚さと取り替える。この姿勢があれば、たいていのことは修復できます。

「その先の自分」をあきらめない

失敗を前提としても、1からはじめる勇気が出ないのなら、自分に問いましょう。

つい、近道をして、これまでのやり方のコピー&ペーストに甘んじそうになったら、自分に問いかけてみましょう。

「自分の伸びしろを、もうあきらめていいのか?」と。

「1からはじめるのをやめる」とは、ここから先の人生における自分の可能性を、あきらめてしまうということです。もう成長せずに、殻の中に縮こまって生きるということです。

まったく同じやり方を、死ぬまで繰り返す。

満足できなくても、「まあいいや」とあきらめる。

ちょっと不具合があっても、「慣れれば気にならなくなるさ」と受け入れる。

こう言うと世捨て人みたいに響くかもしれませんが、こういう人はたくさんいます。

ある一定の年になると、「自分はもう、これくらいだな。これ以上伸びないけど、もういいや」と思うようになります。

僕は五〇代ですが、同年代の人は、ある程度は生活が安定し、ある程度は会社での立場ができあがっているから、「もういいや」となっています。現状を壊してまた1からはじめようとは考えません。

個人的な部分に関しても、今までの自分に安住しがちです。

「もういいや。俺ってこうだから」「私ってこういう人間だから」と。

これは人生の半ばを過ぎた年齢だからでしょうか？

僕はそうは思いません。五〇歳になって「もういいや」と言っている人は、実は若いときから「もういいや」と思っていた人なのです。

もしも若い頃、「もういいや」と思わずに1からはじめていたら、何かしらの成功体験をします。するとまた1からやってみたくなって、別の成功体験をします。

この繰り返しがずっと続いている人は、七〇歳でも八〇歳でも1からはじめています。

もしもあなたが二〇代で、つい「もういいや」と思っているのなら、せっかくのやわらかな心が錆《さ》びついて動かなくなるように、自分で自分を仕向けています。

もしもあなたが三〇代で、何回かチャレンジしただけで「もういいや」とあきらめてしまったなら、せっかくの失敗が無駄になってしまいます。

もしもあなたが四〇代で、自分のすべてを知ったつもりで「もういいや」と現状に安住しているのなら、その現状さえ維持できなくなるかもしれません。

「もういいや」というあきらめの何より怖いところは、自分ばかりか人にもかかわれなくなることです。

これからの世の中で、人を喜ばせることができるのはテクノロジーではなく人です。

テクノロジーとは「うまくいったやり方」のコピー&ペーストでつくられているものであり、それで人の心は動きません。「1からはじめる」姿勢に人の心は動くものだし、「1からはじめる」とは人にしかできないことです。

この宝物を捨ててしまったら、僕たちはどうすればいいのでしょう。

あなたが一五歳であっても五〇歳であっても同じです。「1からはじめる」と決めたとき、あなたのなかに畳み込まれ、縮こまっていた伸びしろが、すーっと顔を出します。

そうしたら、1から自分を育てはじめる。ただ、それだけでいいのです。

第1章のまとめ

今すぐ、最短距離で、1からはじめよう。

誰もやっていないことを、1からはじめよう。

情熱があれば、1からはじめられる。

すでにある人間関係も、1からはじめよう。

失敗を恐れず、成長をあきらめなければ、1からはじめる勇気が出る。

第2章

観察

Espial

自信は自分でもつもの

仕事でもスポーツでも、新しいことをやるというとき、はじめる前から「できない」という話が出ることがあります。

「1からはじめる？　ありえない」というわけです。

彼らが口にする「できない理由」はだいたい決まっています。

「自信がないから」

不思議なくらい、みんな同じ答えなのです。

知人や社員がそういう発言をしたら、僕なりに頭をひねり、アドバイスのつもりで、「だったらこういう考え方をしたらどう？　こういう行動はとれないのかな？」などと言ってみるのですが、答えは同じです。

「そんなことする自信がありません」

最初の一歩が踏み出せないという人に、「やればできるのに、と思うよ」と言っても、「うまくいくかいかないか、わからない。自信がないんですよ」というさびしい反応です。

みんながそろって口にする「自信がない」という言葉。

自信とは、どうすれば生まれてくるのでしょうか。

その一つの方法は、自分の中に「答え」をもっているかどうかだと僕は思います。

たとえば、生きるとは何か、ということに対して。

たとえば、働くとは何か、ということに対して。

たとえば、暮らしをいとなむとは何か、ということに対して。

こうした問いに対して答えをもち、その答えを日々アップデートさせているか否かで、その人の自信の有無は決まると思うのです。


これは簡単なことではないけれど、そんなにむつかしいことでもないのです。

答えになっていない、まだ考え途中のもやもやとしたものであっても、日頃から自分と対話をしていれば、何かしら答えられます。それに答え自体は人それぞれ、一つの正解などではありません。

もちろん、理想的には自分にとっての答えがあったほうがいい。でも、むつかしいなら、答えが出てこなくてもいい。大切なのは、自分とそういう対話をしているかどうかです。

僕に言わせれば、「人間はなぜ生きているのか、なぜ仕事をしているのか」と訊いたとき、答えられる人が少なすぎます。それはわからないのではなく、日々考えていないからではないでしょうか。

自分と対話をしていれば、自分の考えを確かめることができて、やがて自分を信じられるようになります。これが自信につながります。

自信は誰も与えてくれません。自信をもちたかったら、自分でもつ。自分を信じればいいだけで、とても簡単な話です。

自信は観察から生まれる

「限りなく自分を信じる」

こういう話をすると、ふたたび「無理です」の合唱がはじまります。

若い人のほうがそういう傾向は強いと思いますが、大人になっても、まだ自分が信じられない人も珍しくありません。

年齢を問わず、自分を信じられない人は、自分をわかっていないのではないか、そんな気がしてなりません。

自分が何に強くて、何に弱いか。

自分が何に汚くて、何にきれいか。

つまり、一番長いつきあいであり、三六五日二四時間ものあいだ、ずっと一緒にいる自分がわかっていないのです。毎日、鏡を見ていても、表面的なものしか見ていないのです。

じっくり見たことがないから、どういうものかわからない。わからないものを信じろというのは無理な注文です。


こんなことを書いていますが、僕だって自分を見つめるのは怖い。自分を観察するというのは、怖いことです。なぜなら誰でも、弱いところ、汚いところ、人に言えないようなところをもっているから。

それを直視するのはつらいし、完全に直すというのもむつかしいけれども、「僕っていう人間は、こういう人間なんだな」というのをわかっているかどうかで、自分とのつきあい方も変わってくると思うのです。

もしもあなたが、自分と対話をしたこともないのなら、まずは自分を観察しましょう。

観察とは、ただ見ることではありません。水面でなく深淵を覗き込み、奥底に沈む小石のひび割れまで見ようとすることです。小石を見つけて終わりではなく、ほかに何があるかつぶさに観察し、ずっと見続けることです。


自分を観察すると、たくさんの発見があるでしょう。

こういうところは弱いけれど、こういうことについてはすごく強い。

こういうところはだめだけれど、こういうことはうまくできる。

わかってきたら、強い部分とうまくできる部分を信じることです。

「弱いところもだめなところもあるけれど、この強さとうまさがあれば大丈夫」というふうに、自分を信じてあげるのです。


自分を観察し、自分を熟知し、自信をもつ。これは「1からはじめる」の1より前のことかもしれません。あえて書くまでもない、あたりまえのことかもしれません。

それでも自信がもてないという人がこれほどいるのなら、おせっかいであっても、僕は伝えたいのです。

「自分を観察して、自信をつけよう」と。

自分のことは、誰も教えてくれない。自分のことは自分しかわからない。これは誰にとっても知っておいたほうがいいことだと信じています。

自分を語る練習をする

自分を観察し、自分を知ったら、自分を語る自分の言葉をもちましょう。

自己紹介を求められたとき、おろおろしないように。

自分の意思や信念、ヴィジョンをはっきりと簡潔に語れるように。

日頃からしっかりと、練習しておきましょう。僕はよく、鏡の前で自己紹介の練習をしています。

自己紹介といっても、どこで生まれたとか、どこの学校出身だとか、前の会社で何をしていたかは、どうでもいい。履歴書を見ればわかるようなことを、話す必要はありません。

ましてや「松浦弥太郎です。松は松の木の松で、浦は浦島太郎の浦です」みたいな話はいりません。

語るのは、自分という人間について。「今、なぜ自分がここにいるか」についてです。

自分は何をするべきで、今は何をしたくて、これからどういう未来を描いてここにいるのかということを話せるように準備しましょう。

これができる人は、相当のインパクトがあります。

「今、なぜ自分がここにいるか」について語れるようになるには、自分とよく対話し、自分の奥底まで観察することです。

自分を大きく見せない

一〇代の頃、僕が何を考えていたかと言えば、ひたすら目立つことでした。どうすれば女の子がこっちを向くか、どうやって男友だちに「すげぇ」と言わせるか。そんなことがとても大切で、変わった服を着てみたり、奇抜な髪形にしてみたり。

誰しも通る道だと思いますし、若い頃のそういう気持ちは大事だと思います。しかし、「目立ちたい」という意識と決別しないまま年を重ねると、大人になってからよくないことが起きる気がしてなりません。

自分を目立たせたいと思うと、自分を飾ることになります。嘘、無理、見栄を介して人と対峙するので、1からはじめる関係性を築くことができません。

大人になればなるほど目立たないようにするのが、一つの指針かと僕は思います。

「目立ちたい」という幼い自己主張を卒業しても、まだ罠はあります。

今度はつい、自分をよく見せようとしたり、大きく見せようとしてしまうのです。とくに出会ったばかりの人に対してや、入社や入学、転職や引っ越しで新しいコミュニティに入ったタイミングだと、妙に背伸びをし、自分を飾ってしまいがち。

「前の会社ではこんなプロジェクトを成功させました」

「趣味のアクセサリーづくりがとても評判が良くて、お店を出さないかと言われました」

「問題なく話せるのは英語ですが、スペイン語もかなりわかります」

程度やニュアンスは違っても、「通常より何割か良く見せた自分」を語りたくなってしまう。残念ながらこれも、1から新しい人間関係をはじめるうえでは、あまり役に立ちません。

それどころか「へえ、そんなにすごい人なんだ。私たちとは別世界の人だ」と、まわりの人に引かれてしまったり、ある種のマウンティングのように受け止められます。

あげくに敬遠されてしまったら、デメリットばかりです。自分をよく見せれば見せるほど、みんなとの距離が遠のくということです。


分不相応に高価なブランド品も、「自分を大きく見せたい」という表れです。

「あの人、すごいな。あんな時計をもっているなんて、お金持ちなんだな」

「あんなバッグを使ってる。給料が高いんだな。すごく仕事ができるんだな」

華やかな品物で、まわりにそんなふうに思ってほしいのでしょうか？　しかし、贅沢品で自分を大きく見せても、いいことは一つもありません。

ちょっと自分の気分がよくなるだけで、ねたまれたり、うらやまれたり、センスがないと思われたり。「どういう暮らしなのかな」と、好奇心の的になったりします。

僕のまわりには、何百億もの資産のある人たちが大勢いますが、そういう人ほど「お金のにおい」を見事なまでに消しています。

ロゴマークがついた、いかにもというブランド品をもったりしませんし、ごく普通の身なりをしています。派手なお金の使い方も絶対にしないし、控えめに目立たなく振る舞う賢さがしっかりと身についています。

おそらくそうした人も、お金持ちになる途中では、派手なものを買ったりしていたと思います。しかし、徐々に学んでいったのでしょう。

「自分を大きく見せようとしないことが、人間関係においては大切だ」と。


あえて悪く見せる必要はないけれど、とくによく見せようともしない。

これは簡単そうでむつかしいことです。人間関係を築くには時間がかかるから、誰しも焦ってしまい、つい、過剰なことをしてしまうからです。

「早くみんなと仲良くなろう、早く自分を知ってもらおう、早く会社の役に立とう」と思う。それゆえに、つい自己アピールしてしまう……人間の弱い部分かもしれません。

焦って自己主張しても、いいことは一つもありません。それよりは目立たないようにおとなしくしていましょう。実のところ、おとなしくしているくらい目立つことはないので、まわりのほうから寄ってきてくれます。


目立たずに、小さく。

張り切らず、おとなしく。

でもぼうっとせず、まわりをじっくり観察する。

たとえ「期待の人材」として会社に入ったとしても、最初は「なんだ、大したことはないな」と思われるぐらいでいる。このくらいの塩梅がいいでしょう。

実力というのは、実際に行動すれば否が応でも次第に現れてくるものですし、注目されていないほうが、まわりをじっくり観察することができます。

リラックスして、いち早く気づく

1からはじめる秘訣は、いつもリラックスしていることです。

1からはじめるとはエネルギーがいることですが、リラックスしていないと何かあったときに力が出ません。とくに新しい組織やコミュニティの中で1からはじめるというときは、極力リラックスできるように、あらかじめ手を打っておくといいでしょう。

打つべき手とは、張り切らないこと。最初だからと意気込んで、自分からばたばたと働きかけないことです。

リラックスして、じっと身を潜め、まずはまわりを観察しましょう。肩に力を入れて集中しているより、リラックスしているほうが視野が広がり、感度は高くなります。客観的になれるので、あらゆる出来事を冷静に見ることができます。

リラックスしていれば、自分の身に起こってもらいたくないことすら、否定的にならずにありのままにとらえられます。見て見ぬふりをせずに、「ああ、こういうことが起きた」と受け入れられるのです。

自分の身に起きてもらいたくないことが起こったときこそ、いち早く気づき、手を打たねばなりません。ところがほとんどの人は反射的に「まさか、嘘だ」と見て見ぬふりをしてしまうから、余計にひどいことになります。

そんなことにならないように、ありのままを冷静に見て受け入れる準備をしておきましょう。

ゆったりとリラックスして観察し、「いいこと」より「悪いこと」に、いち早く気づきましょう。問題が起きているとか、状況が突然に変化したとか、よくない知らせに誰よりも先に気づくことが大事です。

不測の事態に気がついたとき、リラックスしていれば自分の中の優先順位を入れ替えて対応できます。反対に、緊張状態のときに不測の事態に気づくと、パニックを起こしてしまいます。

日頃からリラックスして観察する習慣をつけてから、僕にとってはいつのまにか「たいていのことは思いどおりにいかない」というのが前提になりました。

もちろん綿密に設計してヴィジョンをつくり、プランニングもして1からはじめていますが、何事も計画どおりには進みません。必ず自分が予測していないことが起きたり、チームの誰かが何かに巻き込まれたりします。

しかし、最初からそれも織り込み済みなので、「あっ、予想外のことが起きた」といち早く気づき、「これも学びだ」ととらえて、自分の中の優先順位を入れ替えます。そうすれば、立ち止まらず進み続けることができます。

ルートがちょっと変わったり、船で行くはずが車に乗ったりという変更はありますが、最終的には、目指した場所にたどり着けるのです。

観察の名人になると、「こんなはずじゃなかった」という言葉が自分の中から消えます。

何があっても、「こんなはずだよね」と思えるようになるのです。

これはあきらめではなく、何度も言うようにリラックスしているからです。

ばかになる

「力を抜いて楽にしてください」

マッサージに行くと、僕はいつもこう言われます。

力を抜いているつもりでも、筋肉が緊張しています。体のあちこちに、無意識に力が入っているのです。つまり、リラックスしていないということ。

「リラックスしてくださいね」と言われ、一生懸命に力を抜こうとするのですが、その一生懸命さが仇になって、余計に力が入ってしまう……。

リラックスするというのは、物理的な体であっても、仕事に対する姿勢でも、人間関係においても大事なことなのに、力を抜いた状態でいることはむつかしい。僕たちはそれだけ、緊張した世界で暮らしているということかもしれません。

仕事においても人間関係においても、力を抜いたほうがパフォーマンスはあがる。経験上、僕はそう確信しています。

「頑張ってね」と僕が誰かに言うとき、本当に言いたいのは「頑張ってね」ではありません。「リラックスしてね」と伝えたいのです。

新しく入ってきた社員に、「頑張ってね」と声をかけながら、心の中では「力を抜いてリラックスしてください」とつぶやいています。

朝のミーティングの際、「おはようございます。きょうも頑張りましょう」と言わざるを得なかったりするけれど、それは「今日も一日力を抜いて、リラックスして仕事をしましょう」という意味です。

リラックスするのは大切で、むつかしい。それがわかっているから、いつも「リラックスしよう」と心でメッセージを送っています。

指圧の先生に教えてもらったリラックスの秘訣があります。

あまりにも体に力が入ってしまう僕に、その先生は何度も「力を抜いてください」と繰り返したあげく、「ばかな顔をしてください」と言いました。

「口を開けて。よだれをたらすくらい、ぽかーんと開けて。できれば舌も出して、ばか顔をしてください」

そう言われて素直に試したとき、「ああ、力を抜くってこういうことなんだ」と感じました。たぶん僕は、小学生の頃、ふざけていたときのような表情をしていたことでしょう。大人になった今、人には見せられないような顔だと思います。

しかし、口を開けて、「あ〜」とばかな顔をすると、本当に力が抜けるのです。心と体はつながっているから、ばかな顔をして体の力が抜けると、心の力も抜けていきます。その繰り返しでいつしか、ばかな顔をしなくても力が抜けるようになりました。


僕たちはみな、肩に力を入れて暮らしているから、たまには自分をほどいたほうがよさそうです。

口をぽかんと開けて、べろを出して。

さあ、ばかな顔をしてみましょう。

ばかにしない

日々において、「リラックスが八割」でいいと僕は思っています。

ただし、残る二割は、いざというときに集中して力を発揮するためにとっておきます。

この二割がないと、ただののんびりした人になってしまいますし、日頃のリラックスは、いざというときの瞬発力のためでもあるのです。

このメリハリがついている人は魅力的だし、とっさの判断もできます。ある日突然、大きなプロジェクトを立ち上げることになっても、さっと行動に移せます。

困ったことが起きて、立ち向かわねばならなくなったとき、ひるまずに1から対応できます。

リラックスしているからこそ「いざというとき」に戸惑わないのです。

翻って考えると、「いつも全力投球でベストを尽くせ！」という姿勢では、息切れしてしまいます。

ルーティンでこなせるようなことは、全力でやらないほうが、最終的にはうまくいくのです。いつも一生懸命にやっていたら、トータルで一生懸命になれない。もてる力を十分に発揮するには、普段はリラックスして、全力を出さない。いつもいつもベストを尽くさないことが大切です。

「いざというとき」はたいてい突然やってきますが、何かしらの気配は必ずあります。

誰も気づかないようなその「気配」を察知できるかどうかも重要です。

そのためには、観察の名人になりましょう。そして、観察の名人になるには、いろいろなことをばかにしないことが大切です。

僕たちは、特別に意地悪なわけではないのに、どうしたことか人を観察しながら、ばかにしてしまうことがあります。

「あそこでこうやればいいのに、ばかだな」
「なんでこんな方法でやってるのかな。私は違う方法でやっていた」
「え〜っ、普通、こんなことをしないんじゃないの？」

人のこと、人の振る舞い、人の環境、人のやっている仕事。それらを観察し、自分の物差しにあてはめて、批判する。それどころか見下したり、ばかにしたりします。

そこに根深い悪意がうずまいているわけではないところが、やっかいです。自分の物差しで見て、価値観ややり方が異なるものがあると、ばかにすることで自分の精神状態をよくしているのです。逆に言うと、自分の物差しにぴったりあてはまると、「すごいね」とほめちぎったりします。

たとえば、自分の子どもにスポーツをさせていて、それがすばらしいと思っている人は、「子どもにはスポーツを」という物差しをもっています。

こういう人がまわりを観察していて、「スポーツはやらせない。うちの子は音楽が好きだから」という人がいたら、「子どもにスポーツをやらせないなんて、おかしい。音楽なんて役に立たないのに」とばかにします。

これは極端な例ですが、自分と違う人をばかにして、「自分のほうが正しい、すぐれている」と思うことで、自分自身を機嫌よくさせる人はたくさんいます。もしかしたら、人間の悪い癖みたいなものかもしれません。

そんな癖をもった人間が、なまはんかな観察をすると、価値観の物差しが、いびつになってしまいます。

「すごくいい!」という目盛りと「へんなの、ばかみたい」という目盛りしかついておらず、真ん中が測れない物差しになってしまうということです。たくさん観察して、多様な価値観を見れば見るほど、物差しの目盛りが増えていきます。白でも黒でもない、さまざまなグレーのグラデーションがわかるようになっていきます。これは大人になるということでもあります。

「みんなそれぞれすばらしい！」と、何に関してもほめたたえるというのもおかしなことです。

しかし、自分には理解できないことでも、それがいいと思う人もたくさんいますし、どんなに愚かなことであっても、ものごとにはすべて事情があります。

そもそも、人の意図や感情や意思に正解はないのです。

自分はばかになって、リラックスした状態で観察する。

観察の対象は、なんであってもばかにしない。

これは観察のマナーとして、意識したほうがいいでしょう。

余白で自分を成長させる

全力投球せず、いつもはリラックスして八割の力でルーティンをこなす。

残る二割は、いざというときのためにとっておく。

こういう話をしていたら、若い人に「では、いざというときの二割はどのように使うのでしょうか」と訊かれました。

種明かしをしてしまうと、この二割は実際のところ、ほぼ使うことがありません。なぜなら、人は成長していくものだから。

今年、自分の八割の力でできることと、来年、自分の八割の力でできることは違います。

成長して力がつけば、八割の質があがっていくということです。

仮に、料理と言えば「卵焼き、ウインナーのケチャップ炒め、茹でブロッコリー」の三つができる小学一年生が、自分でお弁当をつくるとします。

今年は八割の力でやると、「卵焼き、ウインナーのケチャップ炒め、料理しなくてもいいプチトマト」という、自分でつくったおかずは二品のお弁当しかできないかもしれません。

しかし二年生になればちょっと成長し、料理のレパートリーは広がります。八割の力でお弁当をつくっても、「卵焼き、ウインナーと玉ねぎのケチャップ炒め、ほうれんそうのバターソテー」という、自分でつくったおかずが三品入ったお弁当ができあがります。

ここで肝心なのは、「二割の力」を使わずにいたことで、新しいことを学んだり、落ち着いてつくったりする余裕をとっておけたという点。

小学一年生が限られた時間の中、全力投球で三品もおかずをつくったら、いっぱいいっぱいで余裕がなくなります。料理を楽しんだり、「別の味付けにしてみよう」と試したりすることはなくなるでしょう。

また、つくれるのにつくらない「茹でブロッコリー」という三品目があれば、「いつもは二品つくって一品は料理しなくていいプチトマトですませているけれど、本当は僕は三品つくれるんだ」という隠し球があるので、ちょっぴりの自信も生まれます。たまに時間がある日に茹でブロッコリーをつくると、もっと自信がつきます。

こうしてリラックスしていると、八割の部分がますます成長していくので、四品も五品もつくれるようになります。


大事なことは「八割の力しか使わないんだ」という意識ではなく、「二割の余白を自分でキープする」ということです。

本気を出さないというのは、怠けているようなイメージですが決してそうではなく、つねに二割の余力を保つということなのです。

そうやって自分を育てていきましょう。

「愛情不足」を見つける

1からはじめるときに僕がしているのは、「愛情不足」を探すことです。足元から自分の身の回り、環境など、とにかく自分の目に入るものすべての中で、愛情不足を探す。それを仕事や暮らし、自分の取り組みに対する手がかりにしています。

たとえばカフェでお茶を注文したら、茶渋がついているカップが出てきたとします。そんなとき、「ああ、愛情不足だな」と思います。ちょっと愛情をかけてカップを見れば、すぐにきれいにできるのに、と。

会社のフロアを見てゴミが落ちていると、「愛情不足だな」と思います。少しの愛情でゴミを落とさないようにできるし、愛情をもってあたりを見ていたら、すぐにゴミに気づいて拾えるのに、と。

愛情不足というのは、言葉を換えると、誰も気がついていなくて、おろそかになってしまっているということ。単に目に入らないこともあれば、みんな見て見ぬふりをしていることもあります。

人においても愛情不足は起こりうることで、あたかも茶渋のついたカップのように、放っておかれている人もいます。ちょっと愛情を込めて気にかければいくらでもすてきになれるのに、誰にも手を差し出してもらえていないのです。

世の中には、そんな愛情不足がいくらでもあります。

じっくり見て、観察し、またじっくり見て、また観察する。

そうすると、たくさんの愛情不足が見つかります。リラックスして、好奇心を忘れずに観察すれば、無限に見つかるのです。

そこから、「もっとこうすればいいのにな」とアイデアが生まれます。

そこから、自分ができることもわかってきます。

「愛情不足」を見つけられるかどうか。

「もっとこうすればいいのに」とひらめくかどうか。

俗に言う優秀かそうでないかは、こんなところが分かれ目だと思います。

本当のやさしさがあるかそうでないかも、ここが分岐点です。

同じ環境にいても、3つしか愛情不足に気がつかない人もいれば、10も気がつく人もいれば、100もの愛情不足をたちどころに見つけ出す人もいます。

自分がちゃんと観察できているかどうか、観察眼が養われているかどうかは、愛情不足をいくつ見つけられるかでも、測ることができるでしょう。

100見つけたら、1つやる

かばんの中にも、トイレの中にも、寝室にも、台所にも、愛情不足はあります。たくさんの愛情不足に気がつくのはいいことですが、気づいたとしても、すべてを自分が手当てする必要はありません。

「これは愛情不足だな。手をかけたほうがいいな」と思っても、求められていないものはしない。この線引きができずになんでも自ら手をかけてしまうと、ただの便利な人になってしまいます。

その愛情不足を手当てすることが、自分のヴィジョンに合致することなら、迷わずやればいいのですが、全部をやるのは不可能です。

会社ではしばしば、みんなが気づいていない雑用を見つけるのが上手で、それを気軽にこなす人がいます。あなたの会社にも、そんな人がいるのではないでしょうか。

そうすると、「ありがとう。すごく気が利くね」とか「やさしいですね」とみんなが言ってくれるので、本人は気分がよくなります。だからますます雑用をするようになるのですが、はたして会社でのその人の役割は、雑用係なのでしょうか？「雑用のためにあなたを雇ったんですよ」と社長に言われたのなら別ですが、そうでなければ、清掃会社の人やアルバイトの人に頼んだほうがいいこともたくさんあります。その人が本来やるべき仕事がもっとあるはずです。そのやるべき仕事を、雑用をこなすことでやらないでいる、ということはありませんか？

また、仮に僕が電車に乗っていて、「この車両の構造は、乗る人のことを考えていない愛情不足だな。もっと車幅を広くすれば、みんなが楽になる」と気がついたとしても、車両を改造することはできません。

仮に僕がインターネットの仕事をしていて、「このシステムが愛情不足だ」と気がついたとしても、専門知識や技術がないとシステムをつくり直すことはできません。

愛情不足に気がついて、それが簡単なことでも、自分の役割として、やるべきではない。

愛情不足に気がついて、それが必要なことでも、自分の能力として、やることができない。

だから愛情不足を100個見つけたら、そこから自分がやるべきで、しかも自分こそが他の誰よりも上手にできるものを、一つだけ見つけてやるようにしましょう。

愛情不足のうち、自分が誰よりも上手にできることを自分でうめる。うめるだけでなく、たっぷり、ゆたかに、愛を注ぎ込む。

ものすごくシンプルだけれど、その結果にできあがったものが、成功と呼ばれるものです。

「人の感情」を見つめる

仕事をしていると、どうしてもゆきづまるタイミングがやってきます。

これは自分のもっている情報や知識を使いはたしたから。自分の蓄えをいくら使っても、もう一滴も新しいアイデアや発想は出ないということです。

そこでもう一度、学びが必要になります。


あらゆる仕事は生身の人との関係性だから、もっと「人の感情」を深く理解しなければいけないと僕は思っています。

世の中には、いろいろな人のいろいろな感情が日々生まれています。

人の感情をいつも観察し、できるだけ早く「新しい感情」を察知して、その理由を調べて言語化していく。僕の仕事は、これに尽きると言っていいほどです。


世の中の人の感情を観察していると、無限にアイデアが湧いてきます。

たとえば今、世の中の人の感情は、場やコミュニティといった人と人のリアルな集いを求めています。ＳＮＳのつながりが強くなっているからこそ、逆にみんなの感情はリアルで親密な関係性に向かうのだと思います。

親密さはオープンな場よりもクローズドな場で生まれやすい……ここから、「今、世の中で感情的に居場所がなくなっているのは喫煙者じゃないだろうか。タバコが大好きで、吸いたいけれど、吸うことはみんなに知られたくない。それならば愛煙家が集う、クローズドで秘密のコミュニティが必要とされるんじゃないか。そこからリアルなつながりが生まれるかもしれない」と考えることもできます。

これが会社でも駅でもタバコが吸えた時代なら、人々の感情は違うものだったでしょう。かように人の感情とは、時代とともに変化していくものです。この変化に気がつくかどうかは、観察の深さにかかっています。


世の中の人の感情を理解するとは、「みんなが何に困っているかに、好奇心と愛情をもって気づく」ということでもあります。

世の中の人の感情を観察し、その動きを誰よりも早く察知して言語化できた人が、それをビジネスに変換できます。

弱さから強さを、みにくさから美しさを学ぶ

観察をするときは、領域を自分で狭めないように気をつけましょう。

人を観察するのなら、いわゆる成功している人やすごい人、みんなが「すごいね」と口をそろえる人だけを観察していては、つまらないものです。

おおいに好奇心をもって、どんな人にも興味をもつ。

たとえまったく理解しがたい相手であっても、「同じ人間なのに、なんでこんなに違うんだろう？」と関心をもつ。

これもまた、「1からはじめる」ということだと思います。

なぜならそこには価値観の決めつけも、偏見もないから。

生まれたての赤ん坊のように、まっさらだから。


たとえば僕は、アメリカ大統領のドナルド・トランプを見ていて、「ビジネスマンとしてすごいな」と思います。

「大統領としての資質はどうなんだ？」

「しょせん、田舎の不動産屋の感覚だ」

「大金持ちであることは確かだし、それはすごいけど、政治家としてはだめでしょ」

みんなせいぜいこんな感じで、「トランプについての評価は以上！」とばかりに、それ以上知ろうとせずにシャットアウトしてしまいます。

しかし、日本に対しても中国に対しても北朝鮮に対しても、すべてビジネスに徹しているトランプの姿は「尋常ならざるビジネスマン」とも言えます。政治家としてのさまざまな選択や人間性については受け入れられない部分も多々あります。むしろ受け入れられない部分だらけ、と言ってもいいかもしれません。しかし、ただのお金持ちにとどまらない桁外れな一人の人物として、学ぶべき部分もきっとあると思うのです。

僕にとっては、ロシアの大統領ウラジーミル・プーチンも同じく学びの対象です。ニュースに出てくる人たちは何らかの「すごいところ」をもっていることが多く、それだけ学びを与えてくれる存在だと感じます。

「この人は何がすごいのかな」と考えて、どんな相手もはなからばかにしない。他人にもっと敬意をもてば、たくさん観察できるし、いろいろなことが学べます。

人をよく観察し、人に学ぶ秘訣は、「好きな人のすごいところ」から学ぼうとしないことです。

たとえば、シアトル・マリナーズのイチロー選手は、世の中のほとんどの人が「いいよね、すごいよね」と認める存在です。だからイチローに学ぶというとき、たいていの人はイチローのどこがすごいのかを、じっくり観察し、深く考えて分析しようとします。

しかし、「イチローのすごさ」というのは、実はとてもわかりやすい。たくさんの人が分析し、本まで出ているくらいですから、わざわざ自分で観察する必要もないほどです。

あげくに「イチローはすごい」とただ憧れ、「でも、僕はあんなにすごい人にはなれないよ」と、学ぶことをあきらめてしまうのでは、なんのための観察かわからなくなります。


僕もイチロー選手は好きですが、彼を観察して学ぶのであれば、同じ人間としてもつ、弱いところから学びたいと思っています。

イチローの弱さとは何か。これまで壁に直面したり、何かしらミスをしたとき、彼はどうやって乗り越えたのか。自分が「この人はすてきだな、好きだな」と憧れる存在であればあるほど、逆にウィークポイントから学ぶことにしています。トランプ大統領やプーチン大統領から学ぶときと、逆のやり方です。


嫌いな人のすごいところから、何かを学ぶ。

好きな人の弱いところから、何かを学ぶ。

見えていないところから学ぶには、並大抵の観察では足りませんが、それが楽しいのです。

まだ誰も気がついていない、その人の秘密を自分で見つけ出し、さらに掘り下げて詳しくなったうえで、子どもにもわかるように言語化する。これは、僕の仕事全体の一つの取り組みです。

イチローを観察し、ウィークポイントを発見して「案外、子どもっぽいところもあるんだな」と思ったとしても、まったくいやにはなりません。仮に意外な一面を知ったとしても、嫌いにはならないし、「ああ、やっぱり人間なんだな」と思うでしょう。

トランプを観察し、自分が学べるようなすごいところを見つけると、「これはすばらしいな」と素直にリスペクトも生まれます。

強さから弱さを。

みにくさから美しさを。

悲惨さからきよらかさを。

この世界に、見るべきもの、学ぶべきものは、はてしなくあるのです。

第2章のまとめ

1から観察し、1からはじめる準備をしよう。

まず、自分自身を観察することからはじめよう。

先入観なしに世界を観察しよう。

世の中や人を、さまざまな角度で観察しよう。

「愛情不足」を探し、その中で自分にできることをやろう。

第3章

熟知

Mastership

すべての起点は「熟知」

仕事にしても暮らしにしても、すべての起点は熟知だと思っています。

プロジェクトをはじめるにしても、料理をするにしても、最初にそのことについて人一倍詳しくならないと、アイデアも出てこないのです。

そのことについて熟知して初めて、スタートラインに立てる。

「1からはじめる」には、熟知が不可欠だということです。


クリエイティブというのはゼロから何かを生み出すことではありません。

創造性は情報量に比例するので、この世の中の事実や情報をどれだけ集められるかが、クリエイティブになれるかどうかのカギだと僕は思っています。

あふれんばかりに情報を集めたら、苦労して考えなくても、アイデアは自然に出てきますし、足りていないものが見えてきます。

ところが、みんなそれに気がついていないようです。だから、熟知しようとしないし、面倒くさいと思っているのでしょう。

「熟知なんて必要ない」と考えている人もいます。

今はなんでも検索できるので、ウィキペディアなどで、たいていのことはわかります。それでみんな「詳しいつもり」になり、「熟知した」と満足してしまう。あるいは「自分が熟知しなくても、必要になったときに調べればいい」と決めつけてしまいます。

しかし、検索したことで「詳しくはなった」としても、それは「熟知」ではありません。

活躍している人や成功している人はみな、人一倍何かに詳しいし、そのことについての問題意識がとてつもなく深いものです。決して現状に満足せず、「こうすればもっとよくなる」というアイデアもたくさんもっています。

もしもあなたが「何かをやり遂げたい、人に何かを与えたい、ひとかどの人間になりたい」と思うのであれば、熟知を目指すほうがいいでしょう。

浅く知っただけで満足していたら、高みに行けず、深みを知ることもできません。

熟知はむつかしいことではありません。好奇心をもち、労を惜しまず、情熱をもてば必ず熟知に至ることができます。

たとえば営業マンが新しいクライアントとビジネスをしたいのであれば、まずはその会社の三年分の決算書を全部読み込む。

決算書を読めば、その会社についていろいろなことがわかります。

「こんな投資をしている、こんな新規事業を計画している、こういう専門職の社員を採用している」

その会社に好奇心をもてば、決算書は情報の宝庫です。労を惜しまずに決算書をはじめとしてあらゆる資料を見つけ出し、情熱をもって読み込めば、そこの会社の人よりも、その会社について詳しくなれます。社員であっても決算書をちゃんと読んでいる人はそうそういないからです。

熟知がすすんでくると、「これも知りたい」「あれも知りたい」となるので、ますます熟知するようになります。「もう十分に知った」と思っても、まだまだ知りたいことが出てくる。この繰り返しで熟知は深まっていきます。

熟知のはじまりは、「どんな人に話を聞きたいだろう」と考えることです。自分よりよく知っている人に話を聞きにいく。この行動力が、熟知のはじめの一歩となります。

また、経験することは唯一無二の情報収集になります。自分だけのオリジナルという情報がほしいなら、経験することです。

「経験に勝る情報はない」と言っていいでしょう。

熟知が根拠となったアイデアは、的を射ているし、説得力があるし、相手に必要とされるものすごく強いものです。

人一倍詳しくなるということは、僕の中でのキラーコンテンツで、それができたら、仕事はもうこっちのものだと思っています。

まずは一つのことを熟知するという体験をしましょう。そうすれば、また別のことを1からはじめるというときに必ず役に立ちます。

また、もしもあなたが今、何かしらの困難や課題を乗り越えて成果を出したいなら、やはり熟知が不可欠です。

「全方位の熟知」を目指さない

熟知に至るために、僕自身が心がけているのは、オールマイティを目指さないこと。

ところが世の中には、僕と反対のことを思う人が多数派のように感じます。つまりみんな、「いろいろなことに長《た》けていないといけない」と思っているのです。


たとえば会社員は、こんなふうに思っているのではないでしょうか?

まずは人間性も含めて基本的なスキルをもち、そのうえで何かのスペシャリストを目指す。そこに、マネジメント能力を加えないと、成功できない……。

たとえば家庭の主婦であれば、こんなふうに思っているのではないでしょうか?

シンプルで心地よい家にいつも整え、体にいい料理をつくり、子どもの教育もきちんとやって、自分らしく、しかもみんなに一目置かれるような趣味や生きがいももちたい……。


ぱっと聞くとすばらしいことのようですが、ありえない話です。

全方位でパーフェクトを目指したら、なりたい自分になるどころか、へとへとにくたびれて潰れてしまう。あれもこれもそつなくできる人は、熟知することはできません。

どこかいびつでいい。偏っていていい。

こうした開き直りがないと、熟知には至れません。

かつては、「なんでも平均より上の人」が求められました。１００点はないけれど10点もない。全部70点でそろえられる人がいいとされていたのです。

しかし、僕は自分の経験値に照らしてみて、それはやっぱり違うと思います。今の時代はとくにその傾向が強くなっています。

「１００点が一つあって、あとはみんな20点」くらいでいいのです。

全部をそつなくこなすのはコンピューターや人工知能に任せておいて、「これだけは得意」というものを選んで熟知を目指す。これからの僕たちは、そうすべきではないでしょうか。

大人気が出る店は、「ハンバーグもナシゴレンもお刺身定食も食べられます」というファミリーレストランではありません。

「メニューはカレーだけ。でも、ありとあらゆるスパイスを調合した、ここでしか食べられないカレーです」というお店のほうがお客様を集めることができます。

蕎麦だけの店のように。焼き鳥だけの店のように。お好み焼きだけの店のように。

あなたの「これだけは」を見つけて、熟知しましょう。

小さな穴を深く掘る

「これだけは」という部分を見つけて熟知すると言っても、あまりにも特殊なものよりは、社会の中で役割を果たせるようなものを対象としたほうがいいでしょう。仕事とリンクするものを選ぶことです。

「これだけは」という熟知のテーマを選ぶなら、世の中で誰もやっていなさそうなことで、仕事とリンクすることにしましょう。

僕の例で言うと、「仕事とは困っている人を助けること」と定義しているので、『暮しの手帖』の編集長になったとき、「この熟知によって、誰を助けられるだろう?」と考えました。

「困っている人」を絞り込むことで、「これだけは」という熟知のテーマを見つけようとしたのです。

そこで真っ先に浮かんできたのが、「読者と書店を熟知する」ということでした。

しかし「読者全般を熟知する」と言っても漠然としているし、誰もやっていなさそうなこととは言えないので、僕はもっと読者を絞り込むことにしました。

「暮らしを大切にしていて、料理に興味をもっている、三〇代の女性」というように。

また、「すべての書店を熟知する」となっても、仕事にはつながりません。都心にあるビジネスマンが集まる大型チェーンの書店と、田舎の駅前にある昔ながらのご夫婦でやっている本屋さんは異なり、いっしょくたに熟知するのは無理な話です。

そこで書店についても絞り込みました。

「ライフスタイル系の本をこれから売っていきたいと思っている書店」

こうして対象を絞り込むことで、自分ならではの「これだけは」という熟知のテーマが見つかりました。細分化して絞り込むというのは基本的なことなので、熟知の手始めに、試してみてください。

コツは、小さな穴を深く掘ることです。

小学生にも教えてもらう

ものごとを学び、しっかりと理解し、熟知できる人。

それはどんな人なのかと問われたら、僕は「素直な人です」と即答します。

自分より若い人や自分より立場が下の人にも、頭を下げて「教えてください」とお願いする。これも「1からはじめる」ということであり、熟知のための基本です。

僕たちはしばしば、「自分のほうが年上だから」「自分のほうが経験があるから」という理由で、誰かより自分のほうがすぐれていると勘違いをしてしまいます。

しかし、すべてを知り尽くしたすぐれている人など、どこにもいません。

小学生でさえ、ある部分に関しては自分より情報量をもち、自分より詳しいはずなのです。


頭を下げて「教えてください」と言えない大人が多いのは、ほとんどの場合、プライドが邪魔をしているような気がします。

「教えを請う」とは、言葉を換えれば「助けてください」と表明すること。「助けて」を言えないのですから、弱みを見せたくないということなのでしょう。

僕は経営者として会社の中間管理職の人たちに、ときどきこんなことを言います。

「部下に頭を下げて、教えてほしい、助けてくださいと言って協力してもらえばいい。できれば一番若い新人に、教えてもらってください。それこそチームビルディングですよ」と。

若くて一番経験の浅い人は、「僕にはわからないから、教えてください」と言ってきた上司をばかにしたりはしません。

「上司は自分を頼りにしてくれているし、自分に価値を見出してくれている。自分もチームに貢献できている」と喜ぶだけです。部下が喜んで頑張るようにするのは上司の仕事の一つですから、悪いことなど、どこにもありません。

妙なプライドをふりかざさない。

たったそれだけで、自分の情報が増えて、部下のマネジメントができるなら、いいことずくめではないでしょうか。

プライドというのは大事なものだけれど、大事なときにだけ使うものです。普段は折りたたんで、しまっておく。そのくらいでちょうどいいと思います。

部下と上司に限らず、子どもに対してもパートナーに対しても、わからないことがあれば「教えてください」と言えるようにしておきましょう。そのためには素直になり、プライドをしまっておくことです。

また、「何がなんでもこれを熟知し、成長したい」というゆるぎないヴィジョンと野心があれば、なんだってためらわずに、誰に対しても聞けるようになります。

熟知のためなら、たとえ小学生にも頭を下げて教えてもらえるかどうか。

これは、自分の本気具合を試す試金石ともなるのです。

熟知すると「必要な素材」がわかる

フリーランスとしてやってきた自分が組織に入り、生まれて初めて雑誌の編集長になる。まさに「1からはじめる」というチャレンジに直面したとき、僕はずっと考え続けました。

どういうものをつくったら、読者は喜んでくれるのか。
どういうものをつくったら、お金を払ってでもほしいと思うものになるのか。
どういうものをつくったら、書店の人たちが必要としている要素になるのか。
どういうものをつくったら、「この雑誌を扱えてよかった」と書店に喜ばれるのか。

読者についても書店についても絞り込んでいましたから、それぞれに対してあらゆる方法を使い、徹底的に調べたのです。

競合他誌を毎日読みまくるという単純なこともしましたし、「暮らしを大切にしている読者はこんなことに興味をもつんじゃないか？」と感じたときは、そういう人たちが集まっている場所に実際に足を運びました。

その間も雑誌は発行し続けていましたから、トライ&エラーもありました。

もちろん失敗もしましたが、それは「これはだめだ」と確かめ、熟知を深めるためのものでした。一度でも失敗したら、二度と同じ失敗はせずにすみます。

三年かけて「熟知した」と感じられる域に達したとき、「今の時点では、読者と書店に関しては僕より詳しい人はいない」という静かな自信が僕を包んでいました。

成功の確信だけがあり、失敗する気が少しもしませんでした。

自分が納得できるほど知り尽くすと、この先どうなるかも見えてくるのです。

それからの六年間は、ずっと右肩上がりで部数は伸びていきました。何も苦労がありません。すべてのアイデアは、すべてのやるべきことは、自然と湧いてきました。

三年たって「熟知した」と思えたとき、真っ先にわかったのが「必要な素材」です。

料理にたとえて言うならば、きわみは、いい材料を使うことです。いいお寿司屋さんかどうかは、技術よりも、いいネタを仕入れられるかどうかだと言われているのと同じです。

必要な素材が何かを知る。

必要な素材を手に入れる努力をする。

どんな仕事をするにしても、大切なことです。

『暮しの手帖』の例で言えば、デザイナー、カメラマン、料理家、イラストレーター、ライターなど、価値のある一流の人を探して、チームに入ってもらえるように努力しました。キャスティングとは、いわば「必要でとびきりの素材を手に入れること」ですから、ここがうまくいくくらい、安心なことはありません。

会社の社長や管理職だけではなく、チームのリーダー、イベントの責任者、趣味の会の発起人であっても、何かしらの責任者をつとめるなら、人という素材の確保が肝心です。

こういう話をすると、人を「素材」と見なすなど失礼だと思う人がいるかもしれません。しかし、僕は自分自身も含めて、人こそそのプロジェクトをつくりあげる「素材」だと考えています。予算でもなく会社の看板でもなく、そこにかかわる人こそ、仕事の成否を決めるのではないでしょうか。

もちろん、「そこにかかわる人」が選べない場合もありますが、そんなときは「何をやってもらうか」を考えてもいいと思います。

「あなたに頼みたい。あなたがやるべきことはこれです」というのを、ちゃんと明言化する。ただの分担ではなく、その人にふさわしいミッションまで決めれば、その人という「素材」を生かすことができます。

優秀な人は、「あなたのミッションはこれですよ」と話すと「私がそのミッションを果たすことで、松浦さんはどういう成果を期待していますか?」と訊いてきます。

あるときは数値目標だったり、「こういう企画を考えて実現させる」ということだったりしますが、「あなたにこれを期待しています」とこちらが具体的に答えると、「わかりました。じゃ、その成果を果たします」と言い、実行してくれます。

役割は何なのかを明確にするからこそ、お互いにやりやすくなるのだと思います。

熟知すれば
自然にアイデアが出てくる

あなたに子どもがいるとして、すごく愛していれば子どものことを深く知りたくなります。

そうやって熟知すれば、「何をしたら、この子のためになるか」というアイデアは、考えなくても際限なく出てくるはずです。

「こうしたらいいだろう、ああしたらいいだろう」と。

これはあらゆることにあてはまり、知れば知るほど、詳しくなればなるほど、苦労なくアイデアは出てきます。熟知はアイデアの源なのです。


『暮しの手帖』の例で言えば、三年かけて熟知した時点で、「こんなふうに記事をつくればいいんだな、こういう写真や文章にすればいいんだな」という熟知が1となって、アイデアが無限に湧いてきました。

素材である「人」も集めたら、あとはみんなと分かち合って、作業を分担すればいいだけの話です。

逆に言うとアイデアが出てこないのは、それにまだ詳しくないということ。熟知に至っていないと見なして、より深く知るようにしたほうがいいでしょう。


アイデア、企画、商品、サービス、すべて同じです。

熟知すれば、誰でも間違いなく自然にアイデアが湧き、やりたいことが次々出てくるようになります。さらに、気がついたときにはそのやりたいことを「すでにやっている」という状態になっているのです。

のちに「なんでこんなすごいことを思いついたんですか？」と問われたときに、「いや、わかりません。思いついて勝手にもうやっていました」としか答えようがないほどに。

こうして、目指す場所へと自然にたどり着ける仕組みができあがります。

熟知はまた、人を感動させる力をもっています。なぜなら熟知するとは、誰も知らない新しいものや手付かずだった秘密を、知りつくしていることだから。専門家や研究者、職人の話を聞くと感動してしまうのは、そこに熟知の裏打ちがあるからです。

反対に、手っ取り早く「知る」だけでいいという姿勢でスタートしたら、データチェックやウェブの斜め読みで終わってしまい、決して熟知には至りません。そのゴールに、感動はないのです。だからこそ、熟知からはじめましょう。

熟知すれば、「求められる人」になれる

熟知すれば、別に何をしなくとも、人に求められ、人に生かされる人になれます。なぜなら、熟知した人はとても少なく、貴重だからです。

熟知は行為としてはむつかしいことではないのに、なぜでしょう？

それは多くの人が「1から知る」という手間を省略し、近道をしてお手軽な知識のチェックで満足してしまっているためです。

自分で調べる。自分で専門家に話を聞きに行く。自分でその場に足を運び、自分の目と耳と体で経験する。

こうした熟知に至るプロセスは、むつかしくはないけれど手間がかかります。スピードが速ければ速いほどいい、正しいとされているこの時代に、愚直と言っていいやり方かもしれません。だからみんな、熟知に至らずに終わっているのでしょう。

しかし、考えようによってはこれはチャンス。

1から知るだけで熟知に至れるのに、誰もやらないなら、自分はやる。

そうすることで、頭ひとつ抜きん出た存在になることもできます。

熟知した人は貴重だから、世の中が放っておきません。

どんな分野かは人それぞれですが、もしもあなたが熟知に至れば、選択肢が広がります。

「この会社に入れてください」とか、「一緒にプロジェクトをやりたいのです」とお願いしなくても、「あなたの熟知の蓄積がほしいから、ぜひ協力をお願いします」と向こうのほうから頼んできます。

世界一詳しい、というくらい熟知すれば、もう自己アピールはいりません。

熟知は熟知を引き寄せる

それが狭くて、たった一つの分野でもいい。自分が何かについて熟知すると、自分より熟知している人が見つかります。

詳しくなるからこそ「この人は詳しい」という人を、見分けられるようになるのです。

わかりやすい例で言うと、釣りを一度もしたことがない人は、釣りの名人を見てもぴんときません。しかし、釣りについて詳しくなり、経験という情報収集もして熟知の域に達した人は、「あっ、この人はきっとすごい釣り人だな」と一目でわかったりします。

こうして熟知している人同士は、磁石のように引き寄せあいます。偶然なのか自然なのか、必ず出会いがあります。

たとえばあなたが料理について熟知し、100のことを知ったなら、いずれ料理について200のことを知っている人に出会います。その人は快く教えてくれますから、それでさらに詳しくなります。

この場合の詳しくなるとは、「100＋200＝300」ではありません。「100×200＝20000」という、飛躍的に熟知が深まるイメージ。そのくらい、詳しい人と詳しい人同士が会うとすごいことが起きます。

自分の経験を通して1から手に入れたことは自分にとっての大発見ですから、うれしくて、つい人に話したくなります。

そういう人同士が引き寄せあって、「自分の話」を交換すると、それぞれの熟知がますます深まります。その結果、掛け算がおこなわれ、知識や知恵があふれんばかりになります。

これは熟知という観点でもすばらしいのですが、望ましい人づきあいのひとつのかたちでもあります。

自分にとって非常に有益であり、相手にとっても非常に有益。

お互いがお互いにとって、何度でも会いたい人になります。なぜなら、詳しい人というのはつねにアップデートしているので、次に会ったときはさらにたくさんの知識や知恵を持ち寄れるからです。

あなたの熟知を、熟知した人との出会いで飛躍させましょう。

人と熟知を持ち寄って、圧倒的に熟知している状態になりましょう。

ここまでくると、いろいろなことがやりやすくなるし、信頼されます。

会社からもクライアントからも「あの人に訊けばわかるよ」ということになるので、かけがえのない存在になれるでしょう。

発明は値引きされない

熟知とは、発明の源でもあります。

誰よりも深く知り尽くしたすえに、自然に湧き出してくるアイデアは、誰も聞いたことのないもの。熟知から生まれるアイデアはつねに、新鮮で、面白く、豊かな、価値あるものです。

1からはじめて熟知し、発明したアイデアは、1が10倍になり、10が20倍になることも珍しくないのです。

そうは言っても熟知するまでの道のりは地味なことですから、我慢も必要です。ときどき不安になるかもしれません。

「自分は日々、何をやっているんだろう」と、夜遅くまでいろいろなことを考えてしまうこともあります。

そんなときには、発想を切り替えましょう。

「自分は今、目の前のことを地味にやっているようだけれど、このトンネルを抜けて熟知に至れれば、二年後には10倍の価値を生み出す。そこまで育てるんだ」

このように決意するのです。

いっぽう、すでに誰かが考えた決まり切ったやり方を踏襲しただけの仕事は、途中で不安になることもない代わりに、何十倍にも成長することは滅多にありません。1が2になり、2が3になりと増えていくこともありますが、大きな変化は期待できないのです。

「別にこういう仕事でもいいや」とあきらめてしまうと、やりたいことができなくなっていきます。

なぜなら仕事には、上司や取引先がいます。大抵の場合、「上司が上で部下が下」とか「クライアントが主で自分たちは従」という関係になりがちです。

そして上下関係や主従関係だと、「自分がやりたいことや自分の提案を仕事にする」というより、「相手から命じられたことを正確にこなす仕事」が多くなるでしょう。

相手が「これをやってください」と命じてくる仕事は、なんにせよ1からはじめたものではないので、ほかにもそれをやる人がいます。同じことを何人もでやると、競争になってしまいます。

たとえばある小さな国の王様が、村人たちに「レンガを正しいやり方で、できるだけ高く、できるだけ早く積み上げてください」という仕事を命じたとします。「レンガの正しい積み方」というのが決まり切ったものならば、村人たちは「できるだけ高く、できるだけ早く」の部分を工夫することになりますが、それにも限界があります。決まり切った積み方であれば、覚えて慣れればいいだけですから、やがて誰でも高く早く積み上げられるようになるのです。

そうすると王様は「誰に頼んでも高く、早く、積み上げられるのか。じゃあ、できるだけ安い値段で請け負う人に頼もう」と考えます。

こうして村人たちは、「相手から命じられたことを、安くて不利な条件で、正確にこなす仕事」に甘んじることになってしまうのです。

僕らは王様が統治する国の村人ではありませんが、同じことが現実にも起こっています。

だから、1からはじめて熟知し、発明をしましょう。自分が1からはじめた自分だけの発明なら、自分にしかできないことです。

そこに競争相手はいません。

命じる人もいません。

たとえ相手が王様であろうと「パートナーシップを組みましょう」と向こうのほうから頼んできますし、安くて不利な条件を突きつけてくることはあり得ないのです。

1からはじめて熟知し、たとえ相手が上司でも社長でもクライアントでも、未来を語れるようになる。これは働く人が目指すべき理想でもあります。

「こういうプロジェクトを立ち上げましょう、二年後はこの価値を10倍にしましょう」

自分からこのように働きかけて、相手がそこから自分と同じ夢を見はじめれば、もう主従関係も上下関係も消えてしまいます。

熟知をもとにした発明さえあれば、関係はフラットになり、いかなる相手とも、つねにパートナーでいられます。

「熟知のその先」を見極める

二〇代の終わりから三〇代にかけて、僕は欧米で見つけたアートブックを扱う本屋をやっていました。

最初はたった一人。トートバッグに本を詰め込んで、「この人がこの本を必要としている」と思うデザイナーやクリエイターを訪ねて歩くという、誰もやっていないスタイルの変わった本屋でした。

まだインターネットがない、海外の本を入手するルートが限られていた時代。

僕は「自分に探し出せない本はない」と思っていましたし、自分は世界一だと信じていました。

アメリカとヨーロッパの古書店と、アートやカルチャーに関する本を熟知していたから、自分が直接探さなくても電話一本、ファクス一本で集められるネットワークもできていました。

みんなが知らない本をたくさん知っていたので、自分がことさらにアピールしなくても、知らない間に評判になり、いろいろなメディアで紹介されたり、いろいろな人に「こんな本を探してください」と頼まれたりしました。

しかし、インターネットが普及すると、僕だけが熟知していたことを誰でも知ることができる状況に変わってきました。

このように、時代は変わります。その変化のスピードは、加速しています。

今日は自分だけの熟知であっても、明日はみんなの熟知になってしまう。

だからつねに、自分の熟知の先を見極めておかないといけないと思うのです。

熟知していくプロセスは、楽しいものです。昨日より今日、今日より明日、少しずつ熟知が増えていくのはとてもうれしいことです。空っぽの箱の中にいろいろなものが入っていく素朴なよろこびが、そこにはあります。

しかし、大切なのは箱がいっぱいになり、「熟知した」というその先です。「もうわかった、熟知した」と思ってから、さらに掘っていけるかどうか。「熟知の次の熟知」を考えられるかどうか。

これには忍耐力も工夫も必要です。動き回って経験するための、いくばくかのお金と時間も必要です。何よりあきらめない情熱も欠かせません。

僕は車が好きだから、世界中のレーシングドライバーの情報をフォローしています。

ある記事では、二四時間走り続ける世界最高峰の耐久レース「ル・マン」で優勝した一流ドライバーが、こんなことを語っていました。

レースに勝つためのコツは非常にシンプルで、つねに次のコーナー、次のカーブのことだけを考え続けることだと。

次のカーブはこう、次の大きなカーブはこう――機械的に次のカーブのことだけを考える。あとはいっさい、考えない。

僕はこの話を知り、「まさにこれだ」と思いました。

レーシングドライバーというのは、地面からの体感や風の影響、エンジンのコンディションなど、瞬時にあらゆる情報を総合したうえでの意思決定が必要です。わずか〇・一秒ぐらいの間に意思決定と実行を同時にこなすのがドライビングですから、ものすごい集中力だと思います。それだけ「今」に深くコミットしています。

しかしそれほど「今」に集中している彼らが考えているのは「次」のカーブのことだというのが、熟知にも通じると感じたのです。

深い観察と洞察と学びがなければ、熟知には至りませんが、熟知すると同時に、「次は何を熟知するか」を考えなければ、「熟知している人」であり続けることはできない……そんなふうに受け取ったのです。


僕は今、「次のカーブ」を基本姿勢としたいと考えています。

今現在取り掛かっている仕事について熟知し、高い集中力で取り組むと同時に、それ以上の集中力で次の局面を意識し、その熟知のために準備をする。

だからこそ、意見や提案もつねに「今」ではなく、「これから」について語る。

「今」のことは、実は一秒先の過去なのですから。

熟知とは、終わりではありません。あらゆる熟知にはいつも「その先」がありま
す。

不思議なことに、熟知すればするほど、「この熟知にその先がある」とわかるよ
うになるのです。

自分の底を見せない

熟知した人はおのずと人に求められますし、熟知したことはある程度はみんなと
共有できます。惜しみなく教え、分かち合い、さらに未来についての提案もどんど
んするくらいでちょうどいいと思います。

しかし、すべてを分け与えたつもりでも、自分の熟知をすべて公開したことには
なりません。

第2章で、「日々においてはリラックスが八割、あとの二割はいざというときに

集中して力を発揮するためにとっておく」と書きました。

熟知も少し、これに似ています。

たとえば僕が熟知していたアートやカルチャーの本ならば、それがいくらで、どういうもので、どこで売っているのかというのは、今はインターネットであっという間にみんなが熟知できます。この場合、僕が分け与えたわけではありませんが、かつての僕の熟知は、もはや僕だけの熟知ではなくなっているということです。

しかしその本の厚み、紙の質感、印刷のクオリティなどは、実際に見ていない人にはわからない。現物を見ている僕しか知らない秘密はまだいっぱいあるので、熟知という点ではまだ、僕に勝てる人はいません。少なくとも、インターネットで獲得した熟知に負ける気はしません。

「悪いけど、僕のほうがまだ一番詳しいよ」というポジションではいられるのです。

これは意図して「二割は自分だけの秘密としてとっておく」という話ではありません。

どんなに気前よく人に明け渡しても、本物の熟知であれば、いくばくかは自分だけの情報としてしっかりと残るということです。

熟知をするならば、何事も、その域を目指したいと考えています。

僕はよくスタッフに、「自分の底を見せてはだめだよ」と言います。

「一生懸命なふりをして、でも実は八割くらいの一生懸命さで、笑って楽しく仕事をしてください。二割の余裕をとっておいてください」と。

僕が言わんとしているのは、「もうベストを尽くしました。自分はこれ以上できません、これ以上は無理です」という姿を人に見せるな、ということです。

全部出し切って空っぽになったような姿を見たら、仕事相手はこう判断するでしょう。

「こいつはこのぐらいしか力が出せないのか。これが限界か。知識も情報も、これ以上はもっていないんだ。じゃあ、もう頼むことはないな」

このように、自分の底を見せたら、相手をがっかりさせてしまいますし、今後の可能性を自分で狭めてしまいます。

自分の底を見せないとはまた、メンタルを守る方法でもあります。

たとえばコールセンターでクレームの電話を受けている人たちは、いつも必死で謝っているように見えますが、実はそんなことはないと思うのです。

電話の向こうで土下座して「申し訳ございません」と全身全霊で詫び、帰宅しても「本当に悪いことをした」と悩んでいたら、心が壊れてしまいます。

電話をしている最中は親身に相手の立場に立って、「申し訳ありません」と心から謝罪していても、そのあとの休憩時間にはケロリと忘れたようにコーヒーを飲んでいる。もちろん課題については、しっかりと向き合いながらも。

あくまで僕の想像にすぎませんが、そういう態度だからこそ、仕事として正しい、ちゃんとした謝罪ができるのだと感じます。


熟知の箱の奥底にひっそり残る、二割の宝物を大切にしましょう。全力投球せず、二割の余裕をもっておきましょう。

仕事の相手にさらなる可能性を感じてもらうために。

自分のメンタルを守るために。

自分の底を見せずに、笑いながら仕事をしましょう。

第3章のまとめ

1からはじめるには、熟知が不可欠。

素直になって教えてもらうのが、熟知の第一歩。

「広く浅く」ではなく「狭く深く」熟知しよう。

アイデアがほしいなら、まずそのことについて熟知しよう。

熟知に終わりはない。熟知の先の熟知を目指そう。

第4章

勤勉

Assiduity

チャレンジを習慣にする

1からはじめたら、それを継続しなくてはなりません。

継続するためにはまず、暮らしと仕事をセットにして自分の生き方を考えること。「生き方」というと大げさに感じるかもしれませんが、「自分の毎日をよりよくするためには、毎日をどう過ごしたらいいだろう?」と熟考し、それを習慣化するのです。

習慣にしてしまえば継続できますし、それはまた、自分のヴィジョンにたどり着く道筋にもなります。

僕は、自分のヴィジョンに向かうための方法を発見し、その実行と検証を習慣化させることを「勤勉」と定義しています。

幸せとは勤勉の報酬であり、たいていの夢は勤勉な仕事で手に入ります。

成功できるかどうか、なりたい自分になれるかどうかは、どれだけ純粋に毎日の習慣を続けられるかにかかっているのです。

僕が憧れているすてきな人、何かをなしとげた人は、みな勤勉です。淡々と単調な毎日を過ごしています。

遊ばないし、よけいな物欲に流されない。高級な時計や洋服を身につけるとか、おいしいものを食べるとか、贅沢な遊びをするとか、みなさんそろって、そういうことはどうでもいいようです。

やろうと思えばいくらでもできるのに、決してしない。成功している人というのは、華やかなことに気持ちが揺れない域に達しているのでしょう。

こう書いても誤解しないでほしいのは、勤勉は修行とは違うこと。

「ただひたすら、つらいことを我慢して地味な生活を続けるのが勤勉だ」という意味ではありません。

また、「規則正しい生活でやるべきことをやっていれば勤勉なのか?」と言えば、それも違います。

朝は早く起き、遅刻しないで仕事へ行って、「今日はこれをやってください」と言われたことをきちんとやって、決められた時間に帰り、同じ時間に食事をして同じ時間に寝る。これは勤勉ではありません。

たとえ稚拙であっても、自分なりに発明した、ヴィジョンにたどり着くための方法を信じる。それが本当に発明であり、価値のある方法なのかを、毎日淡々とルーティン化して繰り返し確かめる。そして「少し違うな」と感じたら、また1から発明して、翌日は違う方法を試して検証していく。僕は、この継続こそが「勤勉」だと思うのです。

もしもヴィジョンがないのなら、もしも自分なりの発明がないのなら、それはいくら真面目に繰り返しても勤勉とは言えません。ヴィジョンも見失うかもしれませんし、とうてい目標にはたどり着けないでしょう。

習慣化のいいところは、いったんルーティンにしてしまえば自然に続けられることです。

また、毎日ものごとを考えたり、深く自分を疑ったりして自分の発明を検証していれば、自信と勇気の源となります。

スポーツ選手であれば、「他人より練習している自分」という感じでしょう。暮らしや仕事においての「練習」は、うまく言葉にはできなかったり、他人には説明できないものかもしれません。しかし、そこから生まれる自信は確かなものです。

毎日の自信はやがて、とてつもない勇気に変換されていくと感じます。

週五日は「自分のヴィジョン」に捧げる

勤勉になるには、まず週の五日を「自分のヴィジョン」に捧げると決めましょう。月曜日から金曜日までは、何があろうと惑わされず、自分なりのやり方を発明し、検証を続ける。週五日はひたむきになるのです。

「そんなの苦痛ではないか」と思うかもしれませんが、自分だけのヴィジョンに向かっている手応えとなるので、少しもつらくありません。

僕の場合もそれは同じです。たいてい夜の七時には家に帰っていますが、家にいても一〇時頃までメールやコメントにフィードバックをしています。朝も五時ぐらいに起きますが、すぐに頭はフル回転となります。それは当然であり、あたりまえです。

これがいいかどうかはわかりませんが、このぐらい一生懸命に日々を自分のヴィジョンに捧げなければ、高みは目指せないと思うのです。また、「捧げる」という意識もないくらい、自然にそうなっていれば苦痛でもありません。

ただし人間にはメリハリが必要で、土日は思い切りリラックスします。僕は考えごとをしたり、のんびりしたりしますが、好きなように遊んでもいいでしょう。
休養をとってリフレッシュしてこそ、また次の五日間、ひたむきになれるのです。

習慣化が生む「20パーセントの時間」を生かす

日々の暮らしには、やりたいことも、やるべきことも、たくさんあります。そこで習慣化して繰り返していると、徐々に自分の能力が上がってきます。

具体的に言うと、今まで二時間かかっていたことが一時間四五分でできるようになったり、一時間半でできるようになるのです。

これは、要領を覚えて効率化されたから。つまり、何事もルーティン化して日々繰り返すとは、余分な時間を生み出す方法だということです。

みんな一日は二四時間だと決めつけているから、そこから「睡眠に七時間、仕事に八時間」という具合に、引き算をしていきます。そのあげく「時間がない！」と言って睡眠時間を削ったり、やるべきことを端折ったりしています。

しかし、習慣化するというシンプルな方法で時間をつくりだせたら、さまざまな可能性が生まれます。

僕は感覚的に、習慣化で生まれる時間は20パーセントだと思っています。

一日の20パーセントは四・八時間。

「一日のスケジュールを見ればすぐわかる。もう、ぱんぱんじゃないか！　五時間も空き時間なんてつくれないよ」と思うかもしれませんが、細切れに生まれた余分の時間をトータルすれば、だいたい五時間弱になるというイメージです。

その20パーセントを使って、何をするのか？

ぼんやりコーヒーを飲むのか、おしゃべりで終わるのか、スマホを見ていたら細切れ時間はあっという間に消費されます。

僕は、その20パーセントをチャレンジに使うことにしています。

打ち合わせの後の五分、作業の終わった後の一〇分を、新しい自分のチャレンジを考えて「何かを1からしてみる時間」にするのです。

だからこそ、いつだって自分に問いかけるのは、「次は何を？」という質問。

今までやってきたこと、今やっていることはわかっているから、「次は何をするの？」ということをつねに自分に訊いています。

一日の20パーセントを、週に五日、1からはじめるチャレンジの時間にする。この蓄積がどれだけ自分を成長させてくれることでしょう。

その効果は本当に大きいと実感しています。

空き時間の予定を決めておく

一日の20パーセントを生かすには、空いた時間に何をするのかを、あらかじめ決めておきましょう。打ち合わせが二〇分早く終わったというとき、「さて、何しようかな」とおもむろに考えはじめると、それだけで二〇分たってしまいます。

たとえば「打ち合わせはターミナル駅。もし二〇分空いたら、書店に行ってどんな新刊が出ているかを見て、自分のアイデアの参考にしよう」でもいい。

たとえば「突然ミーティングがキャンセルになって二時間空いたら、新しいプロジェクトのターゲットについて熟知するために、普段観ないようなアニメ映画を観に行こう」でもいい。

20パーセントの余分な時間は、新しく1からはじめるチャレンジに充てるのが基本ですが、本当に疲れていてメンテナンスが必要だと思ったら、「今週、三〇分空いたらマッサージに行こう」と決めておいてもいいのです。

いずれにせよ、自分の心の準備によって20パーセントを有効に使えるかどうかが変わってきます。

一時間余ったら何をするか、四五分だったら何をするか、一五分だったら何をするか。

時間ごとのメニューを、自分の中である程度決めておきましょう。

突然、ぽんとできた空き時間に、すぐ動けるようにしておきましょう。

あらかじめ何をするか決めて、ある程度準備しておくというのは単純ですがとても大切です。ただ「読みかけの本を読む」というだけでも、肝心のその本がかばんに入っていなかったら、読めなくなってしまいます。

僕は日頃からいろいろと選択肢を考えるのが好きで、地図アプリと連動させて、「この駅で一〇分余ったら駅前の桜並木で花見をする」とか「この駅で三〇分余ったらギャラリーでこんな絵が見られる」といったスマホ用の検索アプリをつくりたいほどです。

リラックスしながら楽しみの一つとして、20パーセントの有効化に取り組むのが大切です。

自分を疲れさせないというのも、習慣化のための原理原則なのですから。

消えてしまう一〇分、宝物になる一〇時間

ひとたび「時間がない」と思うと、そそくさと時間を使うようになります。

あなたも、こんなことをしていないでしょうか？

「会議に出席するにあたって、ちゃんと資料を読み込む時間がない。今回はしかたないから、会議の前に一〇分間、パソコンで共有されている情報にさっと目を通せばいいや。座ってまわりの人の話を聞いていれば、なんとかなるだろう」

これはやってしまいがちですが、人生の無駄づかいと言っていいほど愚かなことです。

理解しようとしていないことを上の空でなぞるくらい、不毛な時間の使い道はありません。

その一〇分では、何一つ身につきません。自分の中に、その一〇分の痕跡は一ミ

りたりとも残らないのです。

「たかが一〇分だからいい」と思うかもしれませんが、たとえ一〇分でももったいない。これが癖になると、たくさんの一〇分が集まって、人生のかなりの時間を捨てていることになります。

それなら、なんとしてでも一時間をつくりだし、精魂込めて1からやることです。人一倍調べ上げ、人一倍理解し、人一倍詳しくなることにかける時間は、必ず自分の血肉となります。たとえ「忙しいのに一〇時間もかかってしまった！」となったとしても、理解のために使った時間は宝物であり、決して無駄になりません。

逆に言うと、「もうこの会議について準備できない」というのなら、出ないほうがましなくらいです。会議で座っている一時間ももったいないし、つじつま合わせのようなあさはかな準備をする五分、一〇分がもったいない。そんな時間の無駄づかいをするくらいなら、いっそ最初から、なんの準備もしないほうがましです。

もしかしたら本人は、「短い時間で要領よくやっている」と悦に入っているかもしれません。でも、要領よくやればやるほど、実は時間を無駄に使っていることが多いのです。

1からはじめる気概もなく、「とりあえず、締め切りまでにつくらなきゃ」という姿勢で、コピー&ペーストによってつくられた企画や資料は空疎です。

それをつくった人も読む人も、ぴくりとも心を動かされないものが、世の中に通用するはずもないでしょう。

「とにかくこなせばいい」という気持ちでやったことは、仕事でも、料理でも、ものづくりでも、愛情不足のあまり、からからに干からびて見えます。

こうした無駄をなくすためにも、正しい習慣づくりは重要だと感じます。

アウトプットの本当の意味とは

習慣化したい大切な営みの一つは、アウトプットです。

ところで、アウトプットとはなんでしょう?

よく使われる言葉でありながら、アウトプットの意味を間違えている人が大勢います。

アウトプットとは、「今まで誰も言葉にあらわしていないことを言語化すること」です。

場合によっては、誰も図式化していないことを、図式化することでもあります。

いずれにしろ、1から自分でオリジナルの表現をつくったものでない限り、それはアウトプットとは呼べません。


アウトプットをしないとは、インプットもしないことです。

僕は毎日マラソンをしていますが、マラソンで一番大事なのは呼吸です。

そして呼吸で一番大事なのは、息を吐くこと。

苦しいと息を吸いたくなるのですが、吸ってばかりだと余計に苦しくなるので、まずは息を吐き出さない限り、息を吸って空気をちゃんと取り込むことはできません。

疲れたときはあえてハッ、ハッ、ハッ、ハッと息を吐くと、吐いたぶんだけ自然と空気が入ってきます。

アウトプットとインプットの関係はこれに似ています。

何かを知ろうとインプットしてばかりでは、やがて行き詰まります。そこであえて「ちゃんとアウトプットしないと」と意識し、実際にアウトプットすることで、新しい知恵や経験が入ってきます。

アウトプットによって自分の中にあるいろいろな情報や経験知がどんどん出ていくから、自然とものごとをインプットする領域が増えるのでしょう。こうしてつねに新しい知識や情報が循環するので悶々と悩むこともなくなります。


アウトプットが「今まで誰も言葉にあらわしていないことを言語化（図式化）すること」である以上、それはパッチワークであってはなりません。

本に書いてあることや、誰かが言った言葉を、上手にパッチワークしてそれっぽく仕上げるのが得意な人はたくさんいます。

そういう人は資料を読みながら話すのは上手ですが、「何も見ないで自分の心の中にあるものを話してごらんよ」と言うと、何も話せないのです。

「コピー&ペーストはせず、1からはじめる」と自分で決められるかどうかが、良質のアウトプットができるかどうかの分かれ道です。


別に作家でもアーティストでもないのですから、見たことも読んだこともない、びっくりするような斬新な表現を目指す必要はありません。

ただ、愚直なまでに考えた痕跡がきちんとある、正直なアウトプットであることが大切です。

「あっ、本気でこういうことを考えたんだな」

「頭の中にこういうことがあったんだな」

そんなアウトプットであれば、仮に表現がつたなくても、見た人を感動させることができるのです。

その意味で僕は「せいぜいＡ４の紙に、１枚か２枚でまとめた企画書が良い」という風潮には、時には価値があるかもしれませんが、少し首をかしげます。読むのが面倒くさいという、読む側のわがままに合わせただけではないでしょうか。

１から丹念に事実を調べ上げ、根拠と自分の主張をしっかりと重ね合わせたアウトプットは、厚さ三センチにも及ぶ大部になっても当然です。

また、確かにみんな忙しいので、あまりの分厚さに全部を読んでくれる人は少ないのも当然かもしれません。

しかし、全部読まなかった人も、それを書いた人を信用します。たとえサワリだけでも、それが書き手のオリジナルの言葉であったなら、「これなら、どんな突っ込みをしても全部答えが出てくるだろうな」と受け止めてくれるのです。

徹底して１から調べ上げている強さや気迫は、何にも勝るアウトプットです。

「好き嫌い」より、楽しむことを大切にする

多くの人にとって、仕事は自分のヴィジョンにかかわることです。勉強さと仕事にはかかわりがあります。また、仕事においていかに上質なアウトプットをするかが、ヴィジョンを実現するための手がかりになることもよくあります。

だからこそ、こんな悩みが多いのではないでしょうか。

「仕事を好きになるには、どうしたらいいのでしょうか？」

たいていの人はたいていの仕事を、やりはじめの頃はそれほど好きではない。

僕はそう思っています。

学校を卒業して、ずっと夢見ていた大好きな仕事に就けたなら、それはそれですばらしいでしょう。

しかし一般的には「社会に出たら仕事をするのがあたりまえ」という状況のもと、何かしらの縁や出会いやチャンスがあって、成り行きで仕事が決まるというのが現実だと思います。

実際に仕事がはじまり、好きになれれば、それはすごくハッピーです。

しかし一般的には「仕事を好きになる」というのも、かなりまれなことだと感じます。大部分の人が、「仕事は好きでもなく、嫌いでもない」という状態だという気がするのです。

かねてから僕は「好き」というのはむつかしいことだと思っています。

たとえば、パンもパンづくりも大好きでパン屋さんになったけれど、朝の四時から粉だらけになって休むひまなく同じ作業をやるとなったとき、「こんなはずじゃなかった」と思う人はたくさんいます。そのとき「好き」は消えてしまっているのです。

もっと突き詰めて考えれば、「好き」という価値観も人それぞれで、定義が違います。

繰り返し書いてきたとおり、僕は仕事というのは困っている人を助けることだと思っており、それができるとなればモチベーションが上がります。その仕事は僕にとって、「好きな仕事」なのです。

しかし、「困った人を助けるとかどうでもいい。儲かるなら燃えるけれど」という人もいます。その人にとっての好きな仕事の定義は、たぶん僕とは違うのでしょう。

有名になれる仕事が好き、いろいろなところに行ける仕事が好き。どれもその人なりの定義だし、どれが正しくてどれが間違っているわけではありません。

こう考えると、僕は「好きか嫌いか」ということを確かめる必要はないと感じます。

仕事をしていくうえでも、生きていくうえでも、どちらでもいい気がするのです。ただ一つ大事なのは、自分がしている仕事を嫌いにならないこと。

それでいいと僕は思っています。

別に無理をして、仕事を好きになる必要はない。ただ、仕事を嫌いにならないためには、「好き」というよりも「楽しい」と思えることが大事だと考えています。

仕事を好きになるのはむつかしいけれど、仕事を楽しいと思うことは意外に簡単です。

仕事を楽しむ方法は、工夫をすること。

自分なりの仕事のやり方を1から自分で考えれば、それで不思議なくらい楽しくなります。

たとえば「お客様にお茶を出してください」と言われたとします。

マナーの本を読んだり、先輩に「この茶葉でこういうふうに淹《い》れて、お客様用の茶碗で作法どおりに出してください」と指示されたとおりに正しく出すのでは、楽しくもなんともありません。

しかし、「お客様に飲み物を出す」というだけで、何をどんなやり方で出してもいい、となったら、自分なりの方法が発明できます。

「今日は暑いから、つめたいものを買って出してみようか。女性のお客様だから、ストローを添えたら喜ばれるかもしれない」

「モニター調査中の、自社の新製品の飲料を出してみようか。感想がフランクな雰囲気で聞けるように、リアクションが大きいあの人に真っ先に飲んでもらおう」

「自由に好きなものをとって、飲みかけは持ち帰れるように、何種類もペットボトルを用意しよう。気楽に取りやすいように、あえてどさっと置いておこう」

どれもごくささやかなことですが、自分でやり方を考えて、実際に試して、相手の反応を経験する。面白さと楽しさが生まれる可能性は十分にあります。

どんなに小さくても、自分で方法を発明したら、それは「自分の仕事」になるのです。


仕事というのはお茶を出すようなシンプルな業務ばかりではないから、「こうやれ」と指示され、ある程度の決まりごとがあるややこしいことが大部分でしょう。

しかし、どんなにルールが決まっている仕事でも、必ず自分の立ち入ることのできる部分が半分以上あります。好きにカスタマイズできる要素もきっとあります。それを一つひとつ実行すれば、仕事は楽しくなります。

自分のカスタマイズがうまくはまって成果につながると、さらに楽しく、うれしくなります。その先には仕事を好きになる可能性もあります。


とても苛酷な長時間の単純作業であっても、黙々とやる人と歌を歌いながらやる人がいて、仕事を楽しめるのは歌を歌いながらやる人です。

歌うという自分なりのカスタマイズが加わることで、同じ単純作業が違うものになる。すると仕事は楽しくなるのです。

また、確かに一つ言えるのは、若い人が仕事をすることは、少なからず人としての成長の機会になるということ。

社会とかかわり合い、成長するにしたがって知識や経験が増え、選択肢も増えます。それは人生の実りであり、個人としての喜びだと僕は信じています。

仕事に限らず、何かに1から向き合ってみて、自分が楽しむための工夫をする。

これこそ、ベンチャーな精神ではないでしょうか。

だから1からはじめよう、と僕はたくさんの人に伝えたいのです。

働くことを、生きていることを、もっと楽しむために。

第4章のまとめ

1からはじめたことを、継続していこう。

毎日をよりよくする習慣をもとう。

とりあえずこなす習慣は、成長につながらない。

ルーティン化で生まれた「余裕の時間」で、1からチャレンジしよう。

日々の営みに1から向き合い、楽しむ工夫をしよう。

おわりに――新しい言葉で

最近、気になっていることがあります。
自分自身の「ていねい」という言葉についての解釈を、改めて考えたくなったのです。

ていねいとは、ゆっくりすること。
ていねいとは、しっかり時間をかけること。
ていねいとは、心を込めること。

たぶん、「ていねい」についてはこんなイメージがあって、最短距離を行くなんてありえない、と思われているのではないでしょうか。
僕は『今日もていねいに』という本を書きましたし、幸いなことに多くの方に読んでいただくことができました。今でも「ていねい」という心持ちは、自分の中でたいそう大事にしているものです。

しかし、僕の中の「ていねい」は少しずつですが進化しており、「ていねい」とは、必ずしもほんわかと安らぎながら、ゆっくりしていることではない、と考えるようになりました。

今の僕は、「ていねい＝ゆっくり、もしくは静かに」だとは思っていません。「ていねいにゆっくり時間をかけて静かに物事をおこなう」というのは大事なことです。心をほどくような時間は、自分自身のために必要です。しかし、それはいつもいつもではありませんし、「ていねい」の本質でもありません。

たとえば仕事であれば、「ていねいにやる」というのはあたりまえのことで、「無駄なくやる」というのもていねいさに含まれていなければなりません。それが、相手に対する思いやりであったり、自分自身の成長であったりします。

初めて包丁をもつ子どもと一緒に料理をするお母さんの「ていねい」は、ゆっくりでいい。しかしプロの料理人の包丁さばきは、「ていねい」かつ「無駄なく」。素早く手を動かしながら、つねに次の作業を考えていてこそ、全体として心の込もったていねいな料理ができあがります。何よりも、食べてくれる人に「ていねいさ」という真心がつたわるのです。

今思うのは、「ていねい」とは「感謝する」ことではないかと。「感謝する」という「ていねい」を改めて考え、そして1からはじめたいのです。

そんなふうに、仕事と暮らしにおいての「ていねい」を再定義したい。それが本書『1からはじめる』のもう一つのメッセージでもあります。

「今日もていねいに」という宝物のような言葉を、再定義して、1から見つめ直し、僕は自分の中のていねいさをアップデートしたい。

みなさんにも同じように、ていねいさであったり、正直さであったり、親切さであったり、自分の中の宝物のような言葉を、1から考えてみていただきたいと願っています。この本が、そのきっかけとなれば、このうえなくうれしく思うのです。

人というのは生き物だから、日々変わっていきます。何一つ変わらないのは不自然なことだし、成長していないということだし、物事には「絶対の答え」はありません。

だからすでにできあがっているものも、1から見つめ直し、じっくりと考えて、とらえ直してもいいのではないでしょうか。

自分の中の宝物のような言葉を、新しい気持ちで再定義できたら、自分の夢を、自分の新しい言葉で語れるようになります。

それこそ、「1からはじめる」ということの真髄であり、「はじめに」で書いたとおり、すてきな人になる方法、成功する秘訣、なりたい自分になる術なのです。

1からはじめるというと、「自分一人で頑張らなければいけない」と感じる人もいるかもしれませんが、自分の夢を自分の言葉で語れる人は、たくさんの人に力を貸してもらえます。また、変わりゆく新しい時代には、新しいことを1からはじめやすいはずです。

さあ、1から考えて。

あなたは、自分の夢を、自分の言葉で語れているでしょうか？

二〇一八年夏

松浦弥太郎

松浦弥太郎　Yataro Matsuura

エッセイスト

「正直、親切、笑顔、今日もていねいに」を信条とし、暮らしや仕事における、たのしさや豊かさ、学びについての執筆、雑誌連載、講演会を行う。著書多数。

(株)おいしい健康・共同CEO。

ＮＨＫラジオ第1にて、毎週(木)「かれんスタイル」レギュラーパーソナリティ。

1《いち》からはじめる

二〇一八年九月一三日　第一刷発行

著　者　松浦《まつうら》弥《や》太郎《たろう》

発行者　渡瀬昌彦

発行所　株式会社講談社
東京都文京区音羽二-一二-二一　郵便番号一一二-八〇〇一
電話　編集〇三-五三九五-三五二二
販売〇三-五三九五-四四一五　業務〇三-五三九五-三六一五

印刷所　慶昌堂印刷株式会社／製本所　株式会社国宝社

落丁本、乱丁本は購入書店名を明記のうえ、小社業務あてにお送りください。
送料小社負担にてお取り替えいたします。
なお、この本についてのお問い合わせは、第一事業局企画部あてにお願いいたします。
ISBN978-4-06-221050-8
定価はカバーに表示してあります。

すてきな素敵論
Matsuura Yataro
松浦弥太郎
59通りの素敵な「おとこまえ」!
「暮しの手帖」前編集長が教える、
「すてきな男性の定義」!
素敵な人になるためのレッスン。
講談社＋α文庫